RUBEM
FONSECA
1998   A CONFRARIA DOS ESPADAS

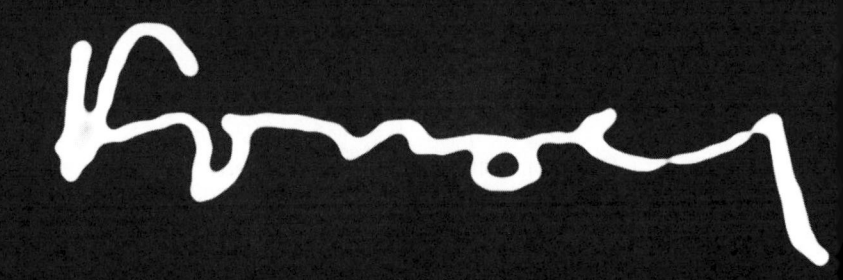

**A CONFRARIA
DOS ESPADAS**
Rubem Fonseca

Copyright © 1998 by Rubem Fonseca

Direitos de edição da obra em língua portuguesa no Brasil adquiridos pela EDITORA NOVA FRONTEIRA PARTICIPAÇÕES S.A. Todos os direitos reservados. Nenhuma parte desta obra pode ser apropriada e estocada em sistema de banco de dados ou processo similar, em qualquer forma ou meio, seja eletrônico, de fotocópia, gravação etc., sem a permissão do detentor do copirraite.

EDITORA NOVA FRONTEIRA PARTICIPAÇÕES S.A.
Rua Nova Jerusalém, 345 – Bonsucesso
Rio de Janeiro – RJ – CEP: 21042-235
Tel.: (21) 3882-8200 – Fax: (21) 3882-8212/8313

© da resenha da página 147, 1999 by the Board of Regents of the University of Oklahoma

CIP-BRASIL. CATALOGAÇÃO NA FONTE
SINDICATO NACIONAL DOS EDITORES DE LIVROS, RJ.

F747c
2. ed.   Fonseca, Rubem, 1925-
          A Confraria dos Espadas / Rubem Fonseca. - 2. ed. - Rio de Janeiro :
          Nova Fronteira, 2014.

          ISBN 978.85.209.2997-1

          1. Contos brasileiros. I. Título.

                                                    CDD 869.93
                                                    CDU 821.134.3(81)-3

SUMÁRIO

7 | Livre-arbítrio

19 | Anjos das Marquises

29 | A festa

45 | O vendedor de seguros

55 | AA

73 | À maneira de Godard

127 | A Confraria dos Espadas

137 | Um dia na vida de dois pactários

141 | Prazer & morte *(Sérgio Augusto)*

147 | Resenha *(Malcolm Silverman)*

151 | O autor

LIVRE-ARBÍTRIO

2/9, quarta-feira

Cara senhora,

Matar uma pessoa é fácil, o difícil é livrar-se do corpo. Esta frase, que poderia ter sido dita por um dos carrascos de Auschwitz mas na verdade referia-se originalmente a um elefante, veio paradoxalmente a minha lembrança quando depositei o corpo inanimado de Heloísa, que pesava menos de cinquenta quilos, num banco da praça Atahualpa. Desculpe se pareço cínico e insensível, mas a senhora pediu-me que lhe escrevesse sem artificialismos verbais, direto do coração (uso suas palavras), e é isso o que estou fazendo. No caso de Heloísa (sobre as outras falo em seguida), o mais difícil foi criar as condições que permitissem a descoberta do corpo antes que a natureza o deteriorasse. Da janela do apartamento onde moro vejo a maior floresta urbana do mundo, se abandonasse o corpo naquela mata ele desapareceria, mas queríamos, eu e Heloísa, que o corpo dela fosse encontrado imediatamente. Assim, tendo o cuidado de colocar seu endereço num papel pregado com um alfinete no vestido, deixei-o em um lugar público movimentado da zona sul da cidade, é bem verdade que de madrugada, com a praça deserta. Depois, telefonei para a polícia. Todo esse procedimento foi simplificado mais tarde, quando descobri que usando apenas metade da substância letal que injetei em Heloísa a morte não seria imediata, demoraria uma hora para ocorrer, e durante esse período a pessoa inoculada manteria completo domínio das suas faculdades físicas e mentais.

Admito que Heloísa, assim como Laura e Salete, foram tecnicamente assassinadas por mim, mas não podem ser chamadas de minhas vítimas, o termo define alguém sacrificado às paixões ou interesses de outrem, o que não foi o caso de nenhuma das três, que decidiram soberanamente sobre a conveniência e oportunidade da própria morte. Se teoricamente matei as três mulheres, é preciso que se diga que o fiz com a aquiescência e, mais do que isso, com o estímulo delas. Elas realizaram seus desígnios e eu, de certa forma, também tive minha recompensa, subjetiva, merecida aliás, tendo em vista a tarefa delicada e árdua que foi encontrar Laura e Salete.

Heloísa eu encontrei por acaso e ela me convenceu a colaborar, mas para descobrir as outras fiz inúmeras e cansativas pesquisas na internet e nas páginas de anúncios de jornais e revistas, além de contatos pessoais em diversos locais públicos, tudo para poder encontrar as pessoas com o potencial certo. Certa ocasião, quando assistia a uma palestra sobre perversões sexuais na literatura, uma mulher desconhecida, sentada ao meu lado, me disse que era um espírito livre, transgressor, disposta a expandir os limites. Mas não demorei a perceber que ela não tinha o potencial certo quando, depois de dizer que as roupas que cobriam nossa nudez estavam prejudicando nosso processo interativo, desnudou-se, deitou-se na cama e pediu-me que lhe mordesse os bicos dos seios. Seja bruto, ela dizia enquanto eu a mordia, mais, mais, ela queria que doesse muito, que saísse sangue, mas na verdade isso que ela desejava não significava romper o limite. Fiz o que ela pediu, eu só fazia o que elas pediam. Uma outra que me atraiu, pálida e entediada, tinha piercings na língua e na vulva, mas depois de alguns encontros descobri que cheirava cocaína, gostava de frequentar boates e pintar o cabelo de verde, era um joguete da mídia e da moda, seguia todos os ditames. Uma delas desejava ver a morte de perto e eu pedi que esclarecesse melhor sua pretensão, e ela disse que queria botar fogo num mendigo, um gesto de extrema futilidade. Havia aquelas que se diziam cansadas de viver, mas a verdade é que as pessoas cansadas de viver não merecem morrer, assim como aquelas que têm inclinações suicidas, buscando, como disse um poeta maluco, antecipar as imprevisíveis abordagens de Deus, não decidem livremente e não me interessam. O que fizemos, por outro lado, não pode ser, nem mesmo remotamente, comparado à eutanásia. Não se trata de acabar com a vida de uma pessoa que sofre de uma doença incurável ou de um sofrimento intolerável, de levá-la ao suicídio, um costume da Grécia e da Roma antigas que a ética e a moral cristã tornaram infame e ilegal, quando na verdade é apenas um ato de inquietação. O livre-arbítrio no ato de encerrar a vida só é autêntico se a pessoa é tranquila, saudável, lúcida e gosta de viver.

Resumindo: as três mulheres que matei eram sensatas e inteligentes e, mais importante, queriam exercer em sua plenitude o poder do livre-arbítrio, queriam escrever o seu augúrio, agir, em suma, sem que a decisão tomada fosse uma inevitável consequência de antecedentes fortuitos.

Heloísa, antes de tomar a injeção intravenosa, disse que não via sentido em deixar uma mensagem de despedida que seria sempre uma justificativa rancorosa ou piegas. Não queria provar nada para ninguém, nem para ela mesma, apenas alcançar a liberdade plena. Por delicadeza, e talvez um pouco de vaidade (mas Heloísa rechaçou com vigor essa minha suposição), ela não queria que a vissem depois que a sua carne perdesse o viço, poluída pela decomposição física. É mais fácil se livrar da alma do que do corpo. Assim, decidimos, como eu já disse antes, que o nome e o endereço dela seriam escritos num papel a ser pregado no seu vestido, e que eu avisaria imediatamente a polícia e sua família, o que fiz.

A polícia, normalmente suspeitosa, levantou logo a hipótese de assassinato, embora a ausência de sinais de violência e o semblante tranquilo de Heloísa causassem uma certa perplexidade. Da segunda vez, levando isso em consideração, pois não queríamos que o gesto fosse erroneamente interpretado, discuti com Laura o procedimento que devíamos adotar. Laura sugeriu deixar uma carta, que ela mesma escreveria, dizendo, laconicamente, que a liberdade de acabar com a vida era a maior das liberdades. Assim fizemos, e quando descobriram o corpo, e a carta de Laura foi publicada nos jornais, os comentaristas da imprensa falaram confusamente em degeneração, solipsismo, loucura. Costuma-se associar antiteticamente a palavra liberdade a opressão, a escravidão, a cárcere, e aceita-se, convencionalmente, que a vida possa ser sacrificada num desafio heroico a esses estados. A associação de liberdade com violência é correta, mas, cara senhora, não devemos esquecer que, como disse um filósofo, liberdade é também violação disso que chamam bom senso, liberdade é o direito — e o verdadeiro direito não é aquele que nos é dado, mas o que conquistamos — de pensar diferente.

Depois de autopsiar o corpo de Laura e fazer os exames laboratoriais de praxe, a polícia concluiu que sua morte resultara da mesma substância que causara a morte de Heloísa, o que deixou todos ainda mais atarantados.

A autópsia de Salete, ao estabelecer um nexo entre as três mortes, robusteceu, evidentemente, a tese do assassinato, uma conclusão apressada e ridícula, pois não existe assassinato sem vítima. E não havia vítimas.

12/9, sábado

Cara senhora,

Achei curiosos os seus comentários sobre a carta que lhe enviei. A senhora diz que não esclareci devidamente os meus motivos, e lamenta que eu seja lacunoso. A senhora quer saber como descobri que usando apenas metade da substância letal que injetei em Heloísa a morte não seria imediata, demoraria uma hora para ocorrer, e que durante esse período a pessoa inoculada manteria o completo domínio das suas faculdades físicas e mentais.

Vou lhe fazer uma confidência, certo de que posso contar com o seu sigilo. Eu testei a substância numa pessoa: aquela mulher frívola que queria incendiar um mendigo.

A segunda omissão, segundo a senhora: como foi encenado (estou usando uma palavra sua) o encontro do corpo de Laura. Ao deixar de mencionar esse detalhe fui apenas elíptico, pois sendo, como sou, conciso e cartesiano nas palavras e nos gestos, não queria me estender em descrições desnecessárias. Mas a senhora quer detalhes, e aqui vão eles. Eu e Laura sabíamos, conforme a experiência feita por mim com a mulher frívola, que durante uma hora Laura se manteria ativa e consciente. Laura sugeriu que logo após ser inoculada iria a um teatro, sentar-se-ia na plateia, e morreria entre um ato e outro, demonstrando para os espectadores, como disse o tal maluco cujo nome esqueci, que o teatro existe para mostrar que o mundo pode cair em cima da nossa cabeça. Mas Laura, que não gostava de teatro, depois de alguma reflexão abandonou a ideia. Poderia parecer, disse rindo, que morrera de tédio. Um restaurante também foi excluído como cenário, poderia dar a impressão de que ela morrera envenenada pelas ostras. Veja bem, queríamos evitar que eu tivesse de telefonar para a polícia dizendo onde estava o corpo, como fiz com Heloísa. Então decidimos por uma igreja. A ideia foi de Laura, seria uma agradável ironia morrer naquele templo de um Deus antropocêntrico, no meio de pessoas ingênuas que acreditam que todas as coisas foram criadas por Ele para propiciar a vida humana. Eu estava lá na igreja, uma fileira atrás dela, e vi quando Laura se espreguiçou, sorriu, e morreu no meio do sermão. O resto a senhora já sabe.

Quanto à morte de Salete, não há, novamente, muito a dizer. Como também é do seu conhecimento, o corpo foi encontrado numa outra igreja. Salete morreu no fim da missa e antes de morrer, como se pressentindo o desenlace, virou-se para trás e me fez um gesto de adeus.

21/9, segunda-feira

Cara senhora,

Sua mente é, deixe-me escolher a palavra certa, indagativa. Agora quer saber como foi que matei aquela mulher frívola, a única morte que a rigor pode ser debitada a mim, e obtive as informações sobre o tempo de ação da substância. (Um aspecto interessante do seu zelo averiguante: a senhora não quis, até agora, saber que substância é essa.) Em primeiro lugar, devo dizer que as pessoas confiam em mim. Talvez porque adquirem a certeza, no trato comigo, de que não as induzo ou instigo a fazer qualquer coisa que seja contrária aos seus interesses. Sim, a mulher frívola foi enganada, mas apenas ela. Eu a convenci a ser a minha cobaia dizendo-lhe que fora descoberta uma droga que, injetada na corrente sanguínea, propiciava um estado de euforia superior ao da cocaína, sem efeitos secundários deletérios. Para demonstrar isso injetei a droga na minha veia, na verdade uma dose de soro fisiológico. Em seguida passei a descrever, ardilosamente, o bem-estar, a alegria, a felicidade que estava sentindo. Todo mundo quer se sentir feliz, nem que seja injetando uma droga na veia, e aquela mulher não era uma exceção. Depois de notar que eu estava simultaneamente feliz e lúcido, uma conjunção rara senão impossível de acontecer, ela quis também sentir o mesmo. Mas seria de extrema inconveniência ela morrer no meu apartamento. Então eu a convenci de que seria ainda mais maravilhoso, sim, usei essa palavra gasta, se ela sentisse os efeitos da droga em meio ao esplendor da natureza. Afinal, como eu disse antes, da minha janela podia contemplar a bela floresta da Tijuca, para onde fomos em seguida. Lá chegando, injetei a substância letal na veia da mulher. Logo ela disse que fora invadida por uma sensação muito boa de alegria e felicidade, falou da imponência das árvores, do frescor da brisa que vinha do mar — não sei se tudo não passava de autossugestão. Ela corria pela floresta quando parou, deitou-se, como faz uma pessoa em busca de um curto repouso, e morreu. Calculei uma hora entre a inoculação e a morte, mas podem ter sido longos quarenta minutos. Agora, permita-me uma pergunta, na verdade duas. Como foi que a senhora soube que eu estava envolvido nesses eventos, algo que a polícia tenta descobrir infrutiferamente há mais de um ano? E também, como foi que descobriu o meu endereço?

30/9, quarta-feira

Cara senhora,

Louvo a sua perspicácia. Resumindo sua última carta, a senhora estava na igreja quando Salete se virou para trás e me deu um adeusinho, e notou, pela troca de olhares, que havia entre mim e ela um entendimento profundo, de parceiros secretamente comprometidos, que jamais percebera entre outras pessoas. E depois o seu interesse por mim aumentou ao ler no jornal do dia seguinte a notícia da morte misteriosa e o texto da carta de Salete falando do livre-arbítrio. A senhora, intrigada, desejou saber por inteiro a verdade vislumbrada naquele rápido gesto de adeus e nas palavras escritas por Salete. Um dia, caminhando pela rua, numa auspiciosa coincidência, estou usando as suas próprias palavras, a senhora me viu, seguiu-me até a minha casa, perguntou ao porteiro do prédio o meu nome, e passou então a me escrever. Ainda nessa sua última carta a senhora diz que há muitos pontos que gostaria de debater comigo, que está perturbada, pois acreditava que a maior de todas as afirmativas de livre-arbítrio não é escolher voluntariamente a própria morte, mas continuar vivendo, e que agora, depois de pensar muito, pergunta se continuar vivendo não é mesmo apenas deixar funcionar um conjunto tosco de reflexos mecânicos, como eu afirmei. Gostaria, também, que eu lhe falasse sobre o forte conteúdo sexual do meu relacionamento com as três mulheres, que não foi por mim explicitado. Finalmente, a senhora diz que espera ter o potencial certo e que quer se encontrar comigo, para conversar com a maior candura sobre esses assuntos, e pergunta se sábado é um bom dia para o nosso primeiro encontro. Sim, é um bom dia. Estou à sua espera.

ANJOS DAS MARQUISES

Paiva continuava acordando cedo, como fez durante os trinta anos em que trabalhou sem parar. Poderia continuar trabalhando mais algum tempo, mas já ganhara bastante dinheiro e pretendia viajar com a mulher, Leila, para conhecer o mundo enquanto ainda tinham saúde e vitalidade. Um mês depois da aposentadoria as passagens aéreas foram compradas. Mas a mulher morreu de um mal súbito antes da viagem, deixando Paiva solitário e sem planos para o futuro.

Paiva pela manhã lia o jornal e depois saía, pois não conseguia ficar dentro de casa sem nada fazer. Além disso a nova empregada importunava-o constantemente perguntando se podia jogar fora objetos velhos inúteis acumulados durante anos, fazia barulhos irritantes arrumando a casa, quando Paiva entrava na cozinha, o que evitava fazer, ela estava acompanhando com voz desafinada uma canção popular transmitida pelo rádio ligado o dia inteiro. Também não suportava mais olhar o mar, aquela massa de água tediosa, aquele horizonte imutável que descortinava do terraço da sua cobertura. Muitas vezes saía de casa sem saber aonde ir, sentava-se no banco da praça Nossa Senhora da Paz e observava os frequentadores da igreja em frente retirando-se em bandos da missa. Não faria isso, não iria se tornar um carola depois de velho. Filhos, ele não tivera com Leila, e descobrira tarde demais que não tinha amigos, apenas colegas de trabalho, e a esses não queria ver, depois de aposentado. Não sentia falta de convivência, sentia falta de uma ocupação, ansiava por fazer alguma coisa, talvez usar o dinheiro que possuía para ajudar os outros. Conhecia a história de sujeitos que se aposentavam e ficavam felizes em casa lendo livros e olhando videocassetes, ou enchiam seu tempo levando os netinhos para tomar sorvete ou passear na Disneyworld, mas não gostava de ler nem de ver filmes, nunca se acostumara com isso. Outros entravam para associações filantrópicas, dedicavam-se a trabalhos humanitários. Fora convidado a colaborar com uma associação que mantinha um asilo de velhos, porém a visita ao asilo o deixara muito deprimido. É preciso ser jovem para trabalhar com velhos. Havia também aqueles aposentados que não suportavam a inatividade e morriam tristes e doentes. Mas ele não estava doente, apenas triste, e sua saúde era muito boa.

Sempre que, para sair de casa, ia perambular sem destino pelas ruas, Paiva encontrava pessoas sem sentidos caídas nas calçadas. Durante muitos anos fora de casa para o trabalho num carro guiado por motorista e certamente aquele quadro já existia antes, apenas não o percebera. Sabia agora, graças ao sofrimento causado pela morte da mulher, que seu egoísmo o impedira de ver o infortúnio dos outros. Era como se o destino, que sempre o protegera, lhe indicasse agora um novo caminho, convocando-
-o para ajudar aqueles desgraçados a quem a sorte abandonara

de maneira tão cruel. Alguns deviam estar doentes, outros drogados, outros não tinham onde dormir e dormiam, certamente com fome, sem se importar com os transeuntes, a vergonha é facilmente perdida depois que se é privado de tudo. Não existia ninguém tão abandonado quanto um pobre-diabo sujo e coberto de andrajos caído sem sentidos na sarjeta.

Certa ocasião andava pelas ruas, era o início da noite, quando viu um homem deitado no chão, sob a marquise de uma agência bancária. Os desabrigados pareciam preferir como refúgio noturno as marquises das agências bancárias, talvez porque, por algum motivo, os gerentes dos bancos não se sentissem à vontade para expulsá-los. Os transeuntes normalmente fingiam não tomar conhecimento de um adulto ou criança naquela situação, mas nessa noite duas pessoas, um homem e uma mulher, estavam diligentemente curvadas sobre o corpo abandonado, como se tentassem reanimá-lo. Paiva percebeu que o que pretendiam era levantá-lo do chão, o que fizeram com habilidade, carregando-o nos braços para uma pequena ambulância. Paiva, depois de olhar a ambulância se afastar, permaneceu algum tempo no local, pensativo. Ter presenciado aquele gesto de caridade deixara-o animado, alguma coisa, ainda que modesta, estava sendo feita, alguém se importava com aqueles infelizes.

No dia seguinte Paiva saiu e andou pelas ruas um longo tempo procurando as pessoas da ambulância, queria se oferecer para colaborar no trabalho que realizavam. Não poderia ajudar carregando nos braços os infelizes largados pela sorte, não tinha disposição nem habilidade para isso, como os abnegados que vira naquela noite, mas podia, além de dar dinheiro, ser útil em alguma atividade administrativa. Devia haver lugar para alguém experiente como ele junto àquele grupo de voluntários a quem denominava Anjos das Marquises, pois fora sob uma marquise que ocorrera o gesto de solidariedade por ele testemunhado. E toda noite saía de casa em sua peregrinação. Encontrou várias pessoas caídas nas ruas e permaneceu impotente ao lado de algumas, desejando que os Anjos das Marquises aparecessem.

Afinal, uma noite, quando já voltava desanimado para casa, Paiva viu o casal de abnegados levantando do chão um corpo estendido na calçada e se aproximou. Eu tenho acompanhado o trabalho de vocês e gostaria de colaborar, disse.

Não obteve resposta, como se os Anjos das Marquises, absortos no seu trabalho, não o tivessem ouvido. Da ambulância saltou um homem de cabelos grisalhos que ajudou o casal a colocar o infeliz sem sentidos numa espécie de maca, dentro da ambulância. Então a mulher, com óculos de uma pessoa muito míope, cabelo preso num coque, aparência de professora aposentada, perguntou o que Paiva queria.

Ele repetiu que gostaria de ajudar naquele trabalho.

Como?, perguntou a mulher.

Como vocês acharem melhor, disse Paiva, disponho de tempo e ainda tenho bastante vigor. Ia acrescentar que possuía recursos financeiros, mas achou melhor deixar para depois. Por favor, eu gostaria de ter o telefone e o endereço de vocês para visitá-los.

O senhor nos dá o seu telefone que nós entramos em contato, disse o homem de cabelos grisalhos que parecia liderar o grupo. Anota o telefone dele, dona Dulce.

Vocês são de algum serviço social ligado ao governo?

Não, não, respondeu dona Dulce, anotando o telefone de Paiva, somos uma organização particular, queremos evitar que essas pessoas morram abandonadas nas ruas.

Mas não gostamos de publicidade, disse o homem de cabelos grisalhos, a mão direita não deve saber o que a esquerda faz.

É assim que a caridade deve ser feita, disse dona Dulce.

Paiva aguardou ansioso durante uma semana, sem sair de casa, que lhe telefonassem. Provavelmente perderam o meu telefone, pensou. Ou então andam tão ocupados que nem tiveram tempo para me telefonar. Consultou a lista telefônica, mas nenhuma das organizações beneficentes que encontrou era a que buscava. Lamentou não ter prestado mais atenção à ambulância, ela devia ter alguma identificação, o que poderia ajudá-lo agora. Talvez fosse conveniente procurá-los nas ruas. Sabia que os Anjos das Marquises faziam o seu trabalho assistencial à noite, e assim Paiva voltou a percorrer as ruas todas as noites, aguardando junto aos corpos caídos que eles aparecessem. Uma noite, em meio a mais uma caminhada, viu de longe a ambulância parada no meio-fio. Correu, e lá estavam os Anjos das Marquises curvados sobre o corpo inerte de um rapaz.

Vocês não me telefonaram, fiquei procurando por vocês na lista telefônica, não sabia como encontrá-los...

Os Anjos pareceram surpresos com a presença de Paiva.

Dona Dulce, disse Paiva, quase coloquei um anúncio no jornal, procurando vocês.

Dona Dulce sorriu.

Eu moro sozinho, minha mulher morreu, não tenho parentes, estou totalmente disponível para colaborar com vocês. Seriam como uma nova família para mim.

Dona Dulce sorriu novamente, ajeitando os cabelos, pois seu coque se desprendera.

O homem de cabelos grisalhos saiu da camioneta, perguntou, a senhora perdeu o endereço dele, dona Dulce?

A mulher ficou algum tempo calada, como se não soubesse o que dizer. Perdi, respondeu afinal.

Deixa que eu anoto novamente. O homem escreveu o nome e o telefone de Paiva em um bloco. Não gostamos de publicidade, disse, como se desculpando.

Eu sei, a mão direita não deve saber o que a esquerda faz, disse Paiva.

Essa é a nossa filosofia, disse o homem, pode deixar que eu mesmo vou me encarregar de entrar em contato com o senhor.

É uma promessa?

Fique em sua casa esperando, vou lhe telefonar em breve. Quanto mais gente ajudando, melhor para nós. Meu nome é José, disse, estendendo a mão num cumprimento.

No dia seguinte Paiva recebeu o telefonema que tanto aguardava. Reconheceu satisfeito a voz de dona Dulce dizer que ele fora aceito para trabalhar no Grupo. Estavam precisando de pessoas como ele para colaborar, e tinham pressa. Paiva poderia se encontrar com eles naquela noite no mesmo local? Sob aquela marquise?, quis saber Paiva, e dona Dulce confirmou, sim, sob a marquise, à mesma hora. Não há lugar melhor que esse para encontrar os Anjos das Marquises, disse Paiva. Mas a voz do outro lado não reagiu ao seu comentário.

Paiva chegou cedo, mal a noite descera sobre a cidade, e esperou a ambulância. Nela vinha apenas José.

O senhor não sabe como estou feliz com a decisão de vocês, disse Paiva, aproximando-se da ambulância e verificando que não havia em toda ela nem letras nem números que a identificassem.

Entre, por favor, disse José, ao volante. Paiva abriu a porta e sentou-se ao seu lado. Vou levá-lo à nossa sede para o senhor conhecer melhor o nosso trabalho, disse José. Muito obrigado, disse Paiva, não sei como agradecer o que vocês estão fazendo por mim, minha vida estava muito vazia.

José, que dirigia apressadamente, mas devia ser assim que se dirigia uma ambulância, em certo momento tirou do bolso uma carteira de cigarros e perguntou se o fumo o incomodava e Paiva respondeu que não, que ele fumasse à vontade. Com exceção dessa breve troca de palavras, a viagem foi feita em silêncio. Afinal chegaram ao destino, portões foram abertos, a ambulância entrou e parou num pátio, onde além de alguns carros havia uma motocicleta com espaçosas malas laterais. Perto dela, um motoqueiro de blusão, luvas e capacete negros, viseira abaixada ocultando o rosto, andava impaciente de um lado para o outro.

O diretor não deve demorar, enquanto isso vamos mostrar-lhe nossas instalações, disse José ao saltarem do carro. Vamos começar pela enfermaria.

Paiva caminhou pelo corredor, agora acompanhado também de dois enfermeiros. Ao chegarem à pequena enfermaria ficou impressionado com a limpeza do local, como já se admirara com a imaculada brancura do uniforme dos enfermeiros. Desde que sua mulher morrera, aquela era a primeira vez em que se sentia plenamente feliz. Nesse momento os dois enfermeiros o imobilizaram e o colocaram maniatado em uma maca. Surpreso, assustado, Paiva nem conseguiu reagir. Uma injeção foi aplicada no seu braço. O que, ele conseguiu dizer, mas não terminou a frase.

Tiraram toda a sua roupa e o transportaram na maca para um banheiro. Ali seu corpo foi lavado e esterilizado. Em seguida Paiva foi levado para uma sala de cirurgia onde o esperavam dois homens de avental, luvas e máscaras protetoras no rosto. Foi colocado na mesa de cirurgia e em seguida anestesiado. O sangue retirado do seu braço foi levado apressadamente por um enfermeiro até o laboratório ao lado.

O que dá para aproveitar deste aqui?, perguntou um dos mascarados, voz abafada pelo tecido que lhe cobria a boca. As córneas com certeza, respondeu o outro, depois verificamos se o fígado, os rins e os pulmões estão em bom estado, a gente nunca sabe.

As córneas foram retiradas e colocadas num recipiente. Em seguida retalharam o corpo de Paiva. Temos que trabalhar depressa, disse um dos mascarados, o motoqueiro está esperando para levar as encomendas.

A FESTA

Maria Clara Pons na quinta-feira faltou à reunião semanal da Associação Protetora da Mãe Solteira Adolescente, da qual era diretora, pois precisava ir mais uma vez à costureira provar o seu vestido novo. Não que fosse errado repetir um vestido, para uma mulher rica como ela isso seria até uma demonstração de elegância. Mas uma festa que se pretendia fora do comum, afinal comemorava-se o quadragésimo aniversário de Gabriel Pons, exigia que o traje da dona da casa fosse uma novidade. Maria Clara teve de ir várias vezes ao ateliê da estilista, perdeu horas preciosas examinando modelos nas revistas francesas. A festa seria no sábado e na quinta-feira ela faria mais uma prova do vestido, uma situação aflitiva.

Os homens, como pontificou a estilista, não eram afetados por esse problema, vestiam o smoking de sempre, ninguém esperava que usassem outra coisa, mas as mulheres tinham de ser criativas nessa questão da roupa, se alguma mulher disser que não dá importância a isso está mentindo.

Mas o vestido fora apenas uma parte das atribuições de Maria Clara. Para que uma festa especial funcionasse bem, várias coisas eram fundamentais. Felizmente Gabriel se encarregara dos convites. A secretária dele o fizera, para falar a verdade. Para Maria Clara, os maridos eram os mais preguiçosos dos homens, tinham secretárias que faziam tudo para eles, e algumas faziam tudo mesmo, e isso os deixava mal-acostumados.

A comida da festa era também um item que exigia muita atenção. Era preciso muito critério na escolha dos diferentes profissionais que iriam fazer os hors-d'oeuvre, os doces, os pratos quentes, uma festa de classe, não importava o número de convivas, tinha de ter pratos quentes. Isso significava que sua cozinha ia ficar irreconhecível, Maria Clara já passara por isso mas sempre se surpreendia com a transfiguração que essa parte da sua casa sofria em tais ocasiões. Ainda nesse setor havia o capítulo das bebidas, a bebida tinha de sobrar, o que não fosse consumido poderia ser guardado para outra festa. Era fundamental ter muito champanha, uísque, vodca, havia sempre alguém querendo uma vodca, quase sempre um convidado importante, vinho tinto e branco e cerveja e coca-cola e outros refrigerantes, quanto mais fina a festa, mais iguarias comuns deviam estar disponíveis, era um sinal de finura, festa que só tinha champanha francês era coisa de novo-rico. E também água mineral, com e sem gás, claro. Havia pessoas que compravam esses itens num muambeiro, de confiança, como gostavam de dizer, mas Maria Clara achava uma mesquinhez tola tentar economizar alguns níqueis e correr o risco de oferecer uísque paraguaio em garrafas de Chivas Regal, causando dores de cabeça no day after até nos bebedores mais frugais, aqueles poucos que bebiam pouco mas que eram os que mais opinavam criticamente depois. E a comida incluía também o chef, os cozinheiros e seus auxiliares, e ainda os garçons, que deviam ser cuidadosamente escolhidos e uniformizados.

Mas as preocupações de Maria Clara não terminavam com a solução do problema dos convites, do vestido, das comidas e bebidas e garçons e cozinheiro. A decoração da casa para a festa era muito importante, por isso contratara Carolina, a maior especialista em decoração floral de festas noturnas. Carolina, depois de percorrer e fotografar detalhadamente a mansão, apresentou um projeto que chamou de abrangente, que incluía a casa inteira, pois manter portas fechadas durante as festas sugere que você receia que seus convivas roubem bibelôs e xampus. O mais interessante foi que Carolina colocou em segundo plano as orquídeas raras da casa, alegando que eram velhas conhecidas da maioria dos convidados e uma festa como aquela exigia arranjos florais exclusivos da festa, flores do campo e outras que durassem apenas 24 horas, como proclamando que seu viço acabaria quando a festa terminasse.

Lá pela uma da madrugada todos sempre querem dançar, portanto a música era também um item muito importante. Havia pessoas que contratavam uma orquestra, com cantores, principalmente em festas de casamento, mas Maria Clara considerava isso uma ostentação de novos-ricos, categoria em que ela não se incluía, e se irritava quando lhe diziam que havia invejosos que a chamavam emergente apenas porque nem os pais dela nem os de Gabriel eram ricos de nascença. Um bom equipamento de som e um DJ competente resolviam o quesito música. Mas escolher o DJ certo era tão difícil quanto escolher o chef da cozinha, existiam DJS festejados pela mídia que acabavam se revelando catastróficos. E havia ainda o fotógrafo, o videasta que filmaria a festa, o iluminador, os manobristas para guardar os carros dos convidados nas imediações, e os seguranças. Era uma obra de santa Engrácia, aquela.

Tudo é tão difícil, disse ela suspirando. Lembrou-se do trabalho que tivera para escolher os convidados, selecionados não por serem bons amigos, bons amigos eram convidados para almoçar, o critério fora o da juventude, da beleza, da elegância, do entusiasmo pela vida. Quarenta e cinco anos no máximo, os convidados de mais de cinquenta anos deviam ser necessariamente famosos, ou poderosos, no mundo das artes, da política ou das finanças, e apenas uma meia dúzia desses foi incluída na lista, que tinha quatrocentos nomes, o que significava que compareceriam duzentos, mas se o número passasse de trezentos ela não se surpreenderia.

Oh, meu Deus, pensou Maria Clara, seria tão bom se Gabriel tivesse decidido fazer como um amigo deles, que comemorara seus quarenta anos realizando uma excursão a cavalo pelas trilhas do grande sertão de Guimarães Rosa, ou como um outro, que celebrara os quarenta escalando uma dessas montanhas que existiam no interior. Mas Gabriel, infelizmente, era muito sedentário.

Afinal chegou o dia da festa. Maria Clara estava esgotada, com vontade de se deitar e tomar uma pílula, ou, melhor ainda, ir se internar num hospital. Passou a manhã de cama, e só se levantou para conversar com seu decorador. Foi uma conversa muito tensa, seu decorador estava magoado por não ter sido consultado sobre as flores e a iluminação, falou mal de Carolina e despediu-se aborrecido dizendo que não poderia comparecer à noite pois fora avisado tardiamente da festa e assumira outro compromisso.

À tarde chegaram os furgões, de várias procedências, com copos, pratos, ingredientes alimentares, hors-d'oeuvre, docinhos, bebidas, guardanapos, travessas, tinas para gelo, toalhas, mesas, cadeiras. A banqueteira ocupou uma área sob um toldo no pátio dos fundos, criando um problema com o encarregado dos hors--d'oeuvre, que alegava que o local fora escolhido por ele antes. O chef francês veio acompanhado de cozinheiros e ajudantes e logo, como num passe de mágica, instalaram uma nova cozinha no espaço da que existia. Pouco depois chegou o DJ, com auxiliares e uma grande parafernália eletrônica, e o videasta que gravaria a festa, com câmeras e luzes. A decoração floral começara a ser feita pela manhã, assim como a instalação das luzes. O maître e os garçons foram os últimos, estes eram todos brancos e bonitos, com exceção de um deles, um negro que provavelmente fora escolhido para que não dissessem que a empresa que fornecia o serviço praticava alguma forma de discriminação racial, mas que era um negro tão retinto e brilhante que mais parecia um alienígena benigno. Todos vestiram smoking com gravata e por cima um avental de linho azul-marinho comprido que ia do peito até ao chão. Assim não haveria cenas constrangedoras resultantes de confusões de identidade entre eles e os convivas.

Meus Deus, será que tudo vai ficar pronto a tempo?, lamentou-se Maria Clara enquanto se maquiava com a sua cabeleireira. Gabriel, ela disse, olhando no espelho a pintura que estava sendo feita no seu rosto, acho que a festa vai ser um fracasso. Mas

Gabriel não lhe deu a menor importância, ela sempre dizia isso antes das festas começarem.

Esqueci de convidar os nossos colunistas, gritou Maria Clara, em pânico.

Não se preocupe, disse Gabriel, eu falei com todos eles.

Às 11 horas da noite ela e Gabriel receberam os primeiros convidados, aqueles que tinham outra festa para ir. Por volta de meia-noite a mansão estava cheia de mulheres e homens bonitos, vestidos a rigor. Alguns traziam presentes de última hora, mas a quase totalidade dos regalos fora recebida durante a semana. Alguns dos convidados haviam chegado de Paris ou de Nova York, naquele dia ou na véspera, e faziam questão de ressaltar isso casualmente.

Metade do PIB brasileiro está aqui, disse Casemiro, batendo amigavelmente nas costas de Gabriel. Casemiro era um self-made man que fizera fortuna trabalhando no ramo de transportes rodoviários e agora controlava um império industrial diversificado. Como não tinha parentes, costumavam lhe dizer jocosamente que a Fazenda Nacional esperava ansiosa que ele morresse para herdar aquela bolada. Casemiro, em todas as festas a que comparecia, e o convidavam para todas, era sempre o mais animado. Apesar de ser um homem gordo, tinha muita agilidade e ritmo, dançava bem e gostava de se divertir com entusiasmo, talvez para compensar o fato de trabalhar a semana inteira tão arduamente.

A música começou a tocar e logo se encheram de dançarinos o deck de madeira armado no jardim e a cobertura de resina especial erigida sobre a piscina, tão transparente que permitia ver com nitidez a água azul iluminada, embaixo. As pessoas que não dançavam circulavam pelos salões, não era de bom-tom ficar parado num canto ou conversando muito tempo com a mesma pessoa, pecado muito cometido pelos chatos. Não haviam sido convidados chatos notórios, mas às vezes um conviva tornava-se um chato inesperado devido a uma combinação aleatória de circunstâncias imprevisíveis.

A festa estava no auge quando, às três horas da madrugada, na pista de danças sobre a piscina, Casemiro pôs a mão na cabeça e caiu no chão. Isso poderia acontecer com alguém em estado etílico, mas Casemiro sabidamente não bebia, sua vivacidade vinha do coração, e os que estavam próximos pensaram que estivesse brincando. Como ele continuasse imóvel, alguns homens, na verdade vários, pois Casemiro era muito pesado, carregaram-no para um sofá próximo, onde o sentaram. O dr. Farah, um eminente cardiologista que estava na festa, foi chamado às pressas. Farah sentou-se ao lado de Casemiro, que parecia dormir sereno, e tomou o seu pulso. Depois pediu a alguém que fosse com um manobreiro ao seu carro e lhe trouxesse sua maleta de médico. Um médico nunca anda sem a sua maleta, disse com um sorriso, mas quem o conhecesse melhor saberia que ele estava preocupado.

O emissário chegou com a maleta. Agora Farah possuía instrumentos para melhor examinar Casemiro, que, com a cabeça para trás apoiada no espaldar do sofá, permanecia inerte. Depois de algum tempo e após fazer vários exames, o médico guardou os instrumentos na maleta e colocou-a sobre o colo, pensativo.

Não é melhor deixar ele dormir um pouco?, disse Maria Clara, que se aproximara.

Gostaria de falar com você num lugar mais discreto, disse Farah, olhando-a de maneira esquisita. Não era a primeira vez que Farah a olhava assim, e Maria Clara evitava ficar a sós com ele.

Fala aqui mesmo.

Aqui eu não posso, disse Farah entredentes, agarrando com força o braço de Maria Clara, que só então percebeu que alguma coisa de estranho estava acontecendo, pois Farah jamais se comportaria daquela maneira em circunstâncias normais. Indecisa, ela caminhou até ao saguão e parou ao pé da escadaria que dava acesso ao andar superior.

Casemiro está morto, disse Farah.

O quê?, exclamou Maria Clara.

Casemiro está morto, um enfarte fulminante, repetiu Farah. Maria Clara se apoiou no braço de Farah e por instantes pareceu que ia sofrer um desmaio, mas logo recobrou suas forças. Como é que o Casemiro foi fazer isso comigo?, ela perguntou, sentando-se num dos degraus da escada, ele viu o trabalho que esta festa me deu.

Ele não teve culpa, disse Farah.

Chame o Gabriel aqui, por favor. Não diga a ninguém que o Casemiro está morto, pelo menos por enquanto, pediu Maria Clara.

Gabriel, ao ouvir a infausta notícia, sugeriu que chamassem o melhor amigo de Casemiro, um advogado de nome Seixas, também presente à festa. Subiram todos para a sala de televisão, que ficava no andar de cima, escondida da parte social, pois o aparelho de TV não é elegante e menos ainda assistir TV. Reunidos em frente ao conspícuo aparelho, discutiram o que deveria ser feito.

Temos de providenciar o enterro do nosso amigo, disse Seixas. Precisamos de um atestado de óbito.

Isso eu mesmo providencio, disse Farah.

Ele precisa ser enterrado agora?, perguntou Maria Clara.

Querida, não se realizam enterros à noite, pelo menos no Brasil, disse Seixas.

Então ele só poderá ser enterrado de manhã, disse Maria Clara.

Vamos avisar as pessoas e encerrar a festa, disse Gabriel.

Encerrar a festa? Por que não o deixamos lá sentado onde ele está, no meio da festa, e informamos a todos que Casemiro morreu e a festa prossegue, dedicada a ele. Há muitas maneiras de se homenagear um morto. Ultimamente tenho visto enterros na televisão onde batem palmas para os defuntos, disse Maria Clara.

São cantores, gente de televisão, disse Gabriel. Faz uns dez anos que essa moda começou.

Políticos também, disse Seixas, batem palmas quando os políticos vão sendo sepultados.

É porque são políticos. Todos gostam de ver um político sendo enterrado, disse Farah.

O Casemiro gostaria de ter ouvido essa piada, disse Seixas, ele adorava piadas e festas.

Mas o coitado morreu, disse Gabriel.

Antigamente as pessoas morriam depois de agonias horríveis e almejavam morrer assim, como Casemiro morreu, pediam a Nossa Senhora da Boa Morte para morrer assim, disse Farah.

Ele adorava piadas e festas, repetiu Seixas.

O grupo ficou em silêncio.

Retirá-lo às escondidas pelos fundos seria uma coisa indigna?, perguntou Farah.

Não seria elegante, com certeza, disse Maria Clara.

Para ele sair pela porta da frente teríamos de acabar com a festa, disse Farah.

Então por que não o deixamos na festa? Ele sempre ficava nas festas até o fim, não é verdade, Seixas?, perguntou Maria Clara.

Essa sugestão tem a sua lógica. Nesse caso nós o levaríamos de manhã, quando a festa terminasse, para uma capela do cemitério, onde ele ficaria aguardando o enterro. Mas é preciso que o Farah providencie o atestado de óbito, disse Seixas.

Isso não é problema, tenho os formulários na minha casa. É só dar um pulo até lá, eu moro aqui perto.

A ideia a princípio me pareceu meio maluca, mas pensando bem..., disse Gabriel. Mesmo assim, temos de ver se as pessoas presentes concordam com isso...

Eu tenho uma sugestão. Seixas, que é sabidamente o melhor amigo de Casemiro, apresenta a proposta a todos os que estão lá embaixo. Vamos ver como reagem, disse Maria Clara.

Preciso tomar um uísque duplo, disse Gabriel.

Eu também, disse Seixas.

O copeiro foi chamado e chegou com uma garrafa de uísque e copos. A garrafa foi quase esvaziada, pois todos tomaram uma dose dupla.

Os quatro desceram as escadas. A festa continuava esfuziante, poucas pessoas não estavam dançando. Maria Clara pediu ao DJ que parasse a música e mandou que acendessem as luzes. Depois subiu numa cadeira colocada entre o deck e a piscina e disse que

Seixas tinha uma importante comunicação a fazer. Um grupo começou a cantar parabéns a você.

Seixas subiu em outra cadeira. Por favor, um momento, disse o advogado com a voz que usava no tempo em que trabalhava no Tribunal do Júri, depois que eu terminar de falar aqueles que quiserem cantar podem cantar. Vocês todos conhecem o Casemiro e sabem como ele sempre gostou de festas. Ele sempre me dizia eu quero morrer numa festa, ele sempre me dizia eu quero que a Nossa Senhora da Boa Morte me leve no meio de uma festa. Pois bem, o pedido do Casemiro foi aceito, essa graça lhe foi concedida. Ele teve um enfarte e morreu.

Ouviram-se exclamações de espanto.

Seixas aumentou o tom da sua voz. O doutor Farah constatou que o nosso Casemiro morreu sem dor, como ele queria, basta olhar para o rosto dele, ali sentado naquela cadeira, para constatar que foi isso o que aconteceu. E eu, um dos seus amigos, como aliás todos aqui, depois de consultar nossos anfitriões, venho propor que a festa continue, agora como uma homenagem ao nosso Casemiro.

Outro burburinho.

Ele, continuou Seixas com o mesmo tom firme e elevado de voz, só poderá ser enterrado depois que o dia raiar, e algumas formalidades forem preenchidas. Vocês querem que o Casemiro espere esse momento numa triste capela do cemitério, ou que fique aqui no meio dos seus amigos, participando da festa? Vamos celebrar a vida em face da morte, vamos fazer uma bela homenagem ao nosso amigo, disse Seixas, encerrando sua peroração.

Os que concordarem que a festa continue batam palmas, disse Maria Clara, que permanecia em pé sobre a cadeira.

Ouviram-se algumas palmas tímidas.

La mort ne surprend point le sage; il est toujours prêt à partir!, gritou o convidado que chegara de Paris naquele dia. Era um daqueles chatos indefectíveis, mas sua frase — impertinente, sussurrou Gabriel no ouvido de Farah — arrancou os aplausos que faltavam.

DJ, ordenou Maria Clara do alto da sua cadeira, música para o Casemiro!

A música voltou a tocar e logo as pistas de dança ficaram repletas. Os mais animados gritavam vivas para Casemiro. Outros punham-se a dançar na frente do morto, que permanecia sentado com compostura no sofá, e brindavam a ele com champanha. Alguns o beijaram no rosto, e houve até uma das belas mulheres presentes que o beijou na boca. Farah, depois de consultar os dados na carteira de identidade que acharam no bolso de Casemiro, preencheu o atestado de óbito que fora buscar em sua casa. Seixas telefonou para a Santa Casa e providenciou um caixão de madeira de lei e o transporte do corpo para as seis da manhã. Casemiro era um homem previdente e possuía um jazigo no cemitério São João Batista, afinal a frase do conviva que chegara de Paris não fora tão impertinente assim. A despedida de Casemiro, como depois passou a ser conhecida a festa dos quarenta anos de Gabriel, continuou na maior animação, as pessoas dançando e bebendo com entusiasmo, e ficou marcada como uma das mais animadas festas ocorridas na cidade em muitos anos.

Às seis da manhã um segurança avisou a Gabriel que um carro da funerária acabara de chegar. Maria Clara mandou o DJ parar a música. Muitos não quiseram ver o corpo de Casemiro ser colocado no caixão e se retiraram antes. Os que ficaram bateram palmas, liderados por Maria Clara, quando o caixão foi levado para o carro e partiu para o cemitério. Como apenas Seixas se prontificou a acompanhar imediatamente o corpo, Maria Clara pediu ao seu copeiro, na verdade um mordomo, que trabalhava em sua casa havia mais de dez anos, que também fosse.

Um café com brioches foi servido para aqueles que permaneceram mais um pouco. Maria Clara notou que as flores do campo espalhadas pela casa haviam murchado completamente, o que lhe causou muita tristeza. Afinal, por volta das sete e meia da manhã todos os convivas haviam se despedido, afirmando que iriam mais tarde ao velório na capela do cemitério, mas apenas Seixas e o copeiro assistiram ao enterro.

O VENDEDOR DE SEGUROS

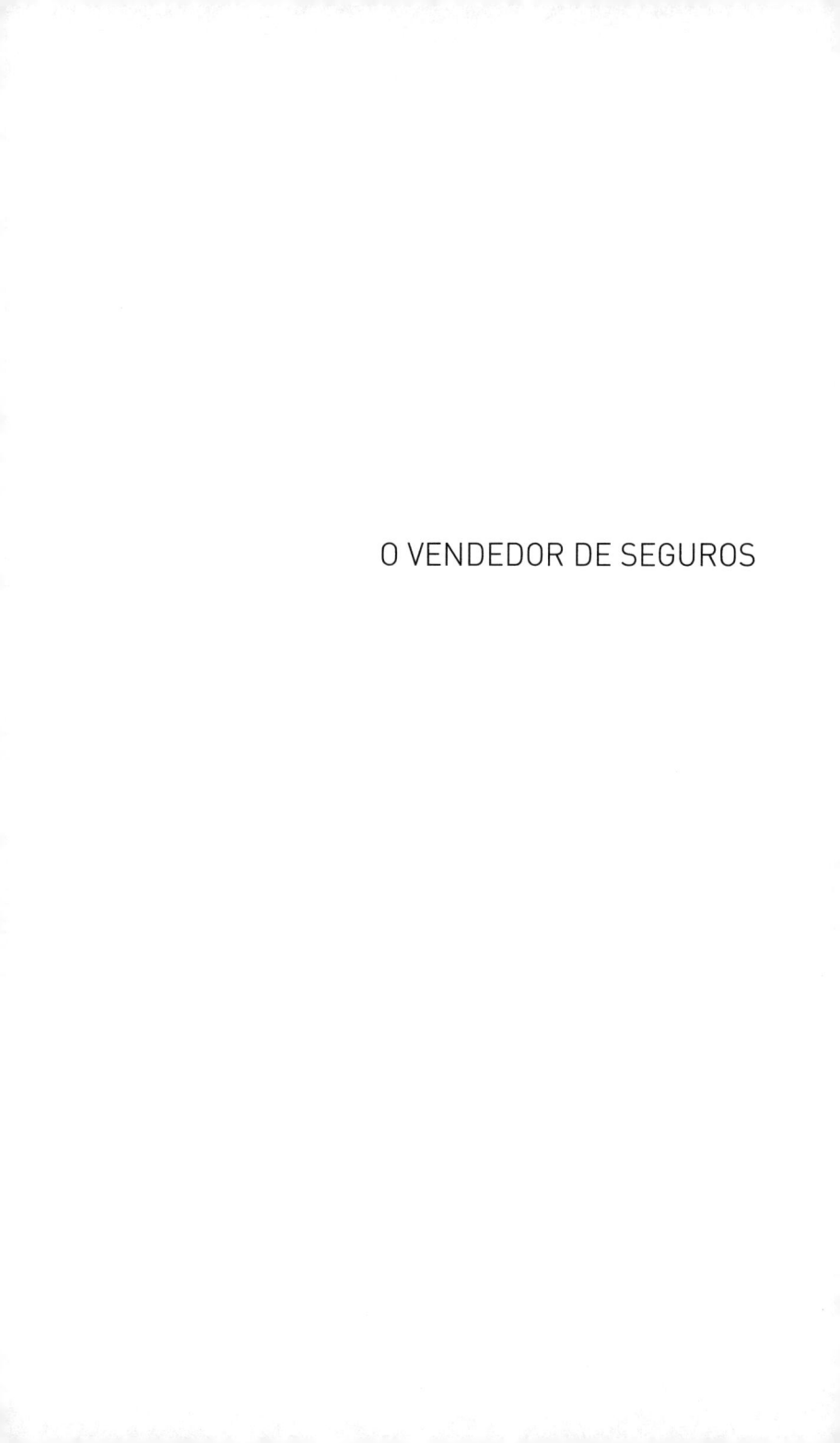

Renata, de vestido novo, ficou de lado na frente do espelho, virou o pescoço para ver o traseiro, era um espelho grande que dava para ela ver o corpo por inteiro. Quando coloquei meu paletó, nem sei como me notou, quando olhava para o espelho ela não via mais nada, perguntou você vai sair a esta hora para trabalhar?

Meu negócio é vender seguros, você sabe disso, não tenho horário, respondi.

Eu preferia que tivesse, são cinco horas da tarde, não sei a que horas vai voltar, já vi que não vamos sair hoje à noite, de que adianta eu comprar roupas novas se não saio com elas?

Desculpe, mas tenho que ganhar dinheiro.

Você não tem ganho muito ultimamente.

A concorrência é muito grande. E isso não era uma desculpa.

Pelo menos vou ver o meu desfile, ela disse, ligando a televisão. Havia uma TV a cabo que passava um desfile de moda todos os dias.

Quando eu estava na porta Renata disse, as mulheres elegantes agora andam com seios de fora, o que você acha?

Ainda não vi isso.

Eu disse mulheres elegantes. Quantas mulheres elegantes você conhece?

Só você.

Se as coisas continuarem assim, não vai ser por muito tempo.

Peguei o carro e parei na porta do meu futuro cliente, um prédio de cinco andares. Não parei exatamente na porta, parei um pouco antes. Ele sempre chegava de táxi carregando uma pasta, era um sujeito muito gordo, devia ser das pizzas que comia. Saiu com dificuldade do carro, pensei que desta vez ele estava sozinho, mas o outro cara, um barbudo, saiu logo em seguida. Eu queria ir visitá-lo quando ele estivesse sozinho, o outro sujeito não estava no seguro e eu não ia desperdiçar o meu latim. Eles entraram no edifício e eu acendi um cigarro. Meu celular tocou. Atendi.

É você?

Quem podia ser?, eu disse.

Diz a senha.

Cara, você anda vendo filmes demais.

É a maneira que eu trabalho. Você já devia estar acostumado.

Foz do Iguaçu.

Tenho um seguro para você.

Vai ter que esperar. Estou no meio de uma venda.

Que apólice é essa? Você trabalha para outro corretor?

Isso não te interessa.

Quando acaba?

Não sei. Você também devia estar acostumado com a minha maneira de trabalhar.

Acho que você anda meio promíscuo.

Preciso ganhar a vida. Você não me arranja negócios suficientes.

Que ruído foi esse?

Não ouvi nenhum ruído.

Eu ouvi. Você sabe que celular é uma merda. Linha cruzada, os narigudos entram facilmente.

Fodam-se os narigudos, não estamos dizendo nomes.

Troca de celular.

Estou com ele há menos de dois meses.

É muito tempo. Eu troco o meu todos os meses.

Você é um corretor.

O vendedor também tem que fazer isso. Ainda mais um como você, que mija fora do penico.

Acabou?

Te ligo daqui a dois dias.

Esperei meia hora e chegou o entregador de pizza. Falou no interfone que ficava na portaria, a porta foi aberta, ele entrou. Uma mola fechava a porta. O prédio não tinha porteiro. Acendi outro cigarro. Esperei uma hora, fumei oito cigarros esperando o barbudo sair. Um táxi parou na porta do prédio e pouco depois o gordo e o barbudo saíram juntos e entraram num táxi. Eu não ia perder tempo seguindo os dois, não me interessava o que eles faziam. Voltei para casa.

Antes de entrar, desliguei o celular. Renata estava vendo televisão.

Voltou rápido. Vamos pedir uma comida no chinês?

Está bem.

Você não está muito entusiasmado. Você não gosta de comida chinesa. Confessa.

Confesso que não gosto de comida chinesa.

Você só gosta de bacalhau.

Confesso que só gosto de bacalhau.

Está tirando sarro comigo?

Mais ou menos. Como foi o desfile de moda?

Algumas modelos desfilaram com a bunda de fora. O que você acha?

Não conheço mulheres elegantes.

Está mesmo tirando sarro comigo. No escritório da companhia de seguros você não vai mesmo ver mulheres desfilando com a bunda de fora.

Onde que isso acontece?

Nos lugares chiques. Lugares onde ninguém anda com um revólver debaixo do sovaco, como você.

Não é revólver, é pistola. Me sinto mais tranquilo com ela. Já imaginou, estou vendendo um seguro numa joalheria e aparece um assaltante?

Se aparecer, o que você faz?

Não sei. Isso ainda não aconteceu.

E você foi vender seguro numa joalheria hoje?

Não.

Mas levou o revólver.

Virou hábito. É pistola.

Pra mim é tudo a mesma coisa. Vou ligar para o chinês.

Comemos a comida do chinês. Renata continuou vendo televisão. Eu fui deitar. Antes fumei um cigarro na área de serviço,

Renata não me deixava fumar em nenhum outro lugar da casa. Mais tarde ela entrou no quarto, tirou a roupa. Minha vida é tão chata, ela disse, ainda bem que você não nega fogo.

O mérito não era meu. Com a Renata ninguém ia negar fogo.

Durante uma semana eu fiquei vendo o gordo chegar de táxi, e o barbudo estava sempre com ele. Nunca vi os dois conversando. Depois aparecia o entregador de pizza. O gordo ficava cada dia mais gordo, mas o outro cara parecia ficar mais magro, vai ver não gostava de pizza. Um dia eu fiquei a noite inteira nas imediações do apartamento do gordo, os cigarros acabaram e eu fiquei ali, esperando o barbudo sair, mas ele não saiu. Então passei a chegar lá de madrugada. O barbudo saía por volta das sete da manhã, ele usava sempre um blusão largo, bom para esconder uma ferramenta, tinha cara de tira, devia pegar o serviço na delegacia de manhã. O gordo só saía de tarde.

Cheguei em casa e encontrei um bilhete da Renata. Pra mim chega, fui para a casa da minha mãe. O engraçado é que ela sempre tinha me dito que não tinha mãe. Levou as três malas com as roupas dela, também não tinha muito mais coisa para levar, ela só comprava roupa. Esse assunto tinha que ficar para depois, eu tinha outro problema para resolver antes. Peguei o telefone e pedi comida no chinês, não sei bem por quê. Acho que queria ficar na ponta dos cascos, e a melhor maneira para isso é comer mal.

De manhã bem cedo vesti o meu melhor terno e fui para as imediações do apartamento do cliente. Às sete da manhã o barbudo saiu. Fui para a entrada do edifício, e quando a primeira pessoa apareceu na porta, uma mulher com um cachorro, eu disse muito gentilmente, bom dia, muito obrigado, e não deixei a mola fechar a porta.

Meu cliente morava no quarto andar. O corredor estava deserto. Tirei o silenciador do bolso e adaptei no cano da pistola. A fechadura da porta podia ser aberta até por um amador. Entrei. O corretor havia me fornecido a planta do apartamento. Não ouvi nenhum barulho, nem fiz nenhum. Ninguém na sala, nem na cozinha. Fui para os quartos, as camas estavam desarrumadas mas nenhum sinal do cliente. A porta do banheiro estava entreaberta.

Abri lentamente a porta do banheiro com o cano do silenciador.

Meu cliente estava deitado na banheira, com água até o pescoço. Me viu quando entrei, e deu um suspiro. Eu devia atirar logo, mas não atirei.

Vai perder o carreto, ele disse, com sotaque de português. Começou a tirar um dos braços de dentro da água.

Devagar, eu disse, apontando a pistola para a cabeça dele.

Ele me mostrou o pulso, sangue escorrendo. A água não estava muito vermelha. Uma gilete brilhava no chão de azulejo. Sentei no banco ao lado da banheira.

Me mostra o outro braço, pedi.

Também tinha o pulso cortado.

Coloquei as luvas e revistei a casa. Encontrei um revólver, um 22, o tambor carregado.

Tirei as luvas e saí. Desci o elevador, pensando. Quando cheguei ao térreo, apertei o botão do quarto andar. Entrei novamente no apartamento do cliente.

Ele me viu quando entrei no banheiro.

Voltou?

Quanto tempo demora isso?, perguntei.

Não sei. Mas não dói.

Coloquei as luvas, fui à sala, peguei a arma do cliente e retornei ao banheiro.

Não olha para mim, eu disse.

O 22 não faz muito barulho. Atirei na cabeça dele. Mais uma noite sem dormir.

Deixei o revólver no chão do banheiro, ao lado da gilete.

Liguei do carro para o corretor.

Fiz o serviço.

Faço o depósito hoje, disse o corretor, e desligou.

Gosto de tomar banho de banheira, ler o jornal deitado na água quente. Mas não tomei banho. Entrei no banheiro só para urinar.

Não almocei. Mais uma noite sem dormir. Seria bom se Renata estivesse comigo.

AA

Chamei o meu capataz Zé do Carmo e disse a ele que ia a Corumbá buscar de avião a tal doutora doida protetora dos animais, que ela talvez fizesse muitas perguntas sobre a maneira como nós tratávamos os bichos na fazenda, que ele e os peões podiam falar o que quisessem, menos mencionar o AA, quem abrisse o bico sobre o AA estava ferrado comigo.

Pode ficar tranquilo, seu Guilherme, ordem sua nós cumprimos à risca. E cumpriam mesmo, não havia melhor patrão do que eu em todo o Pantanal. E os tatus?, Zé do Carmo perguntou, ela vai implicar com os tatus?

Acho que não, ela deve gostar mais de cavalo do que de tatu.

Eu havia mandado buscar um monte de livros, que colocara na estante do quarto onde a doutora ia ficar, no lugar dos livros sobre bois e cavalos, e CDs e vídeos para o equipamento eletrônico que podia ser acionado da mesinha de cabeceira. Música e vídeo não foi problema, pedi ao Bulhões, meu advogado em São Paulo, que comprasse óperas e sinfonias, eu sei do que essas sebosas gostam, e também clássicos do cinema. O problema foram os livros. Que livros?, perguntou o Bulhões. Sei lá, respondi. Que tipo de mulher ela é? Só pode ser uma velhota virgem de óculos, respondi. Vou comprar o tipo de livro que a minha mãe lê, disse o Bulhões. Sua mãe não é virgem nem velhota, eu disse. Ele reclamou, que é isso, ô cara, mais respeito com a minha mãe.

Antes de pegar o avião falei pelo rádio com o meu vizinho e amigo Janjão de Oliveira, a casa dele está a cem quilômetros da minha, mas é a mais próxima, por isso eu o chamo de vizinho.

Janjão, eu disse, estou indo apanhar no aeroporto em Corumbá a tal doutora Suzana, a mulherzinha da ONG que defende os direitos dos animais, já falamos sobre ela, lembra?, é a idiota que fez aquela cruzada para acabar com os rodeios no Brasil, porra, nem nos Estados Unidos eles conseguiram acabar com o rodeio e essa bestalhona quer acabar com o rodeio em Barretos. Não sei quantos dias ela vai ficar na fazenda, o ministro pediu para recebê-la, não sei o que ela quer aqui, mas a minha preocupação é com o AA. Se você ou algum dos seus homens aparecerem por aqui, é bom tomar cuidado. Já dei instruções ao meu pessoal sobre isso, por favor faça o mesmo.

Já disse que esperava uma mulher feia de óculos, uma daquelas donas frustradas que não encontram homem e se engajam numa cruzada. Óculos a doutora Suzana usava, mas era uma trintona atraente, a boca um pouco grande, os dentes bonitos e o sorriso simpático e a voz um pouco rouca, mas eu já encontrei mulheres assim que não valiam nada e não caí nessa. Carregava apenas uma mala, não muito grande, que eu peguei, tinha de bancar o gentil.

Vamos?, eu disse quando saímos do setor comercial do aeroporto e chegamos ao lado do meu Lear Jet.

E o piloto?, ela perguntou.

Eu sou o piloto, respondi, mas não se preocupe, meu primeiro avião eu pilotei quando tinha 15 anos.

Não estou preocupada. Porém não era ilegal isso, pilotar um avião com 15 anos de idade?

Ela gostava de fazer perguntas, isso eu já esperava. Aqui não, respondi.

Ela insistiu, por que não, é porque estamos no Brasil? Eu fingi que não ouvi.

Tive vontade durante a viagem de fazer uns loopings e deixar a dona apavorada, mas aprendi há muito tempo que a gente não pode fazer tudo o que gosta.

O ministro me pediu para recebê-la, sem me dizer o motivo de sua visita. Acrescentei, fingindo de bobo: a senhora quer conhecer o Pantanal?

Ela hesitou. Mas não só isso, respondeu.

Fizemos o resto da viagem em silêncio.

Quando chegamos levei-a à suíte que reservara para ela, a melhor suíte da fazenda. Expliquei para a doutora Suzana como funcionavam o vídeo e o equipamento de som. Os livros de tão novos pareciam querer pular da estante, droga, eu devia ter mandado comprar aquela merda num sebo.

Não temos telefone, mas possuímos uma transmissora de rádio que permite o nosso contato com qualquer lugar do Brasil, é só a senhora dizer com quem quer se comunicar.

Enquanto eu falava ela examinava os livros na estante, e pareceu-me que um leve sorriso mexia com os seus lábios.

Muito obrigada, ela disse, vejo que o senhor teve muito trabalho...

Trabalho nenhum, eu tenho bons tropeiros...

Deixei a doutora no quarto e fui para a varanda rever o programa que fizera. Passeios a cavalo, para os micuins acabarem com ela. Pescaria na parte mais infestada do rio, para os mosquitos darem o tiro de misericórdia. Estava imerso nesses pensamentos belicosos quando Suzana apareceu na varanda e sentou-se ao meu lado. Mas ficamos calados, eu não sabia o que dizer e ela também parecia não saber o que dizer. Notei que ela me observava, o que me deixou inquieto.

Um avião circulou o campo de pouso. Reconheci o avião de Janjão. Ele era um danado de curioso, na certa queria saber como era a doutora. Zé do Carmo, que também vira o avião, surgiu ao volante de um jipe, em frente à varanda. Vou apanhar o seu Janjão, ele gritou. Fiz um gesto confirmando.

Vocês têm uma pista de aterrissagem na fazenda?, perguntou a doutora.

Fica a uns cinco quilômetros daqui, expliquei. Aquele é o avião do Janjão.

Aqui todo mundo tem avião?

Os que podem têm. As distâncias são muito grandes. Janjão era o melhor amigo do meu pai. Ele morreu há uns cinco anos, meu pai. Depois que ele morreu, eu não saí mais daqui. Eu viajava todos os anos, Austrália, França, Inglaterra...

E sua mãe?

Morreu de parto; eu não a conheci, só de retrato...

Sinto muito...

Quem nunca teve mãe não sente falta dela.

Às vezes quem tem também não sente, disse a doutora, mas eu não entendi bem o que ela queria dizer com isso.

Nesse momento vi Janjão e Rafael saltarem do carro. Puta merda, o Rafael! Se o Janjão estivesse acompanhado do capeta não seria pior. Corri ao encontro deles.

Rafael, dá a volta e vai direto para a casa do Zé do Carmo e me espera lá, murmurei entredentes, irritado. Depois, me certificando sem olhar que Rafael seguia a ordem que eu lhe dera, peguei Janjão pelo braço e levei-o ao encontro da doutora. Este é o grande Janjão, eu disse com falso bom humor, na verdade eu estava puto com o Janjão.

Janjão, que ficara um pouco confuso com a minha reação na chegada, disse, doutora Suzana, é um prazer conhecê-la, como é que o Guilherme está tratando a senhora?

Suzana sorriu apenas. Sentamo-nos ao lado dela.

Eu soube que o senhor era o melhor amigo do pai do senhor Guilherme.

Por favor, nada de senhor, pedi.

Carreguei esse menino no colo, é como se fosse um filho para mim, ele teve a felicidade de nascer e crescer aqui no Pantanal. E Janjão desandou a falar do Pantanal, a maior planície inundável do planeta, 240 mil quilômetros quadrados, aqui era um mar, dizia ele, que começou a secar há 65 milhões de anos, o lar da mais rica coleção de pássaros, mamíferos e répteis do mundo, e eu pedi licença dizendo que tinha de providenciar umas coisas e corri até a casa de Zé do Carmo.

Rafael estava lá, sentado na sala, tomando um café com o Zé do Carmo.

Puta merda, Rafael, quem mandou você vir aqui?

Rafael, que já estava nervoso, ficou ainda mais.

Foi seu Janjão, ele disse, ele me mandou vir com ele, o que eu podia fazer, dizer não vou? Peguei o avião e vim com ele, o senhor desculpe, mas se está havendo algum bolo eu não tenho culpa.

Você não sai daqui da casa do Zé do Carmo até segunda ordem, ouviu?

Sim, senhor.

O Zé do Carmo vai buscar a sua roupa lá no quarto da casa grande onde você costuma ficar, e traz para você. Rafael não sai daqui até eu mandar. Come, dorme, faz tudo aqui.

Sim, patrão, disse Zé do Carmo.

Não saio não, senhor, disse Rafael.

Quando voltei para a varanda Janjão falava de papagaios, tucanos, periquitos, jaburus, capivaras, tamanduás, quatis, ocelotes, panteras negras, onças-pintadas, ariranhas, preguiças, macacos, cervos, tapires, cutias, queixadas, jacarés, peixes de couro, dourados... Como disse o Janjão, eu nasci e cresci aqui e estava cansado de saber aquilo tudo. Novamente pedi licença e fui tomar banho.

Jantamos os três, a doutora, Janjão e eu. Ela era mesmo problemática, não comia carne e o jantar era basicamente de carne, carne de tatu, carne de vaca, frango, porra, nós éramos fazendeiros do Pantanal, íamos comer o quê?

Nem carne de tatu a senhora come?, perguntou Janjão. Tatu não está em extinção... Eu me interesso por eles, sou fascinado por aquela carapaça de placas ósseas, a senhora sabia que alguns se enroscam e viram uma bola? É um mamífero, reconheço, mas nem todo mamífero tem carne vermelha, a baleia, por exemplo, a senhora come carne de baleia, não come?

Não, respondeu a doutora muito séria. E a carne desses seres de sangue quente não é igual à da baleia. Provavelmente é mais um animal que a fúria predatória dos homens está extinguindo.

Silêncio e falta de apetite tomaram conta da mesa. Janjão sentia-se ofendido, afinal ele fundara várias associações ecológicas na região, que buscavam impedir a pesca e a caça predatórias. E como todo fazendeiro do Pantanal, orgulhava-se de ter uma relação harmônica com a natureza.

A senhora é doutora em quê?, perguntou Janjão.

Medicina, disse a doutora, mas exerci a profissão por pouco tempo. Sou muito tensa para ser médica.

Ela estava nervosa. Os tatus são aparentados das preguiças e dos tamanduás, não é engraçado isso?, eu disse, tentando aliviar o ambiente, a senhora já viu uma preguiça? Não, ela nunca tinha visto uma preguiça e não estava muito interessada em ver.

O jantar foi, portanto, um fracasso. O Janjão não estava muito acostumado a lidar com mulheres daquele tipo, e para falar a verdade nem eu. A doutora também não comia sobremesa e a ambrosia, os pudins, quindins, tortas, os doces de laranja e de goiaba que haviam sido feitos especialmente para ela voltaram para a cozinha sem serem tocados.

Estou cansada, se vocês me dão licença acho que vou dormir, ela disse, levantando-se da mesa. Nós também nos levantamos, como dois cavalheiros.

Está vendo, Janjão, eu disse quando estávamos a sós tomando um uísque, a mulher é uma pentelha, ela só está aqui porque o ministro pediu, já imaginou se ela sabe do AA?

Não quero nem pensar o que essa harpia pode fazer.

E ainda por cima você trouxe o Rafael. Onde estava sua cabeça? Eu tinha te alertado.

Bobeei, Guilherme, disse ele constrangido. Amanhã vou embora cedinho, vou levar o Rafa comigo.

O dia mal raiava quando ouvi o ronco do motor do avião do meu padrinho, esqueci de dizer que o Janjão era meu padrinho, indo embora, e aquilo me deu um grande alívio.

Tomei o café da manhã com a doutora e a cara dela estava melhor, mas isso não queria dizer nada de bom e eu continuei em guarda.

Afinal a senhora não me disse exatamente o que... Faltaram-me as palavras.

O que vim fazer aqui? Ela pareceu pensar um pouco, e quando falou foi sem muita segurança, via-se que não estava acostumada a mentir.

Faço parte de uma ONG, e estamos interessados em verificar como os fazendeiros tratam os animais aqui no Pantanal.

Os tatus fazem buracos no chão e os cavalos pisam no buraco e quebram a perna, eu disse, nós matamos os tatus, mas comemos, também matamos os perus, essa iguaria natalina. Esse é o único crime ecológico que cometemos, eu disse rindo. De qualquer maneira vou ver se há algum jeito de tapar os buracos que eles abrem no chão.

Não quero falar mais sobre isso, ela disse.

Ficamos em silêncio um tempo que parecia infindável. O perfil dela era muito bonito, tenho de reconhecer.

Foi a doutora quem cortou o silêncio.

Estou escrevendo também um artigo sobre os costumes do Pantanal para uma revista — ela hesitou ainda mais, mentir é uma arte de poucos — e gostaria de poder falar com os peões, as mulheres, os filhos deles.

Foi a minha vez de mentir. Esse pessoal é muito desconfiado, eu disse, eles não gostam de falar com estranhos, mas vou ver o que posso fazer. A senhora sabe montar? Vamos dar um passeio a cavalo? Há lugares lindos por aqui.

Ela topou o passeio. Eu disse que ia mandar selar um bom manga-larga para ela. Ela respondeu que podia ser qualquer cavalo, que ela montava bem.

Fui encontrar Zé do Carmo na estrebaria.

Zé do Carmo, diz aos peões que ninguém da família deles pode falar com a doutora, principalmente as crianças. Explica o negócio do AA. E sela um marchador para ela e a Zigena para mim, vamos dar um passeio a cavalo.

Quando íamos começar o passeio Zé do Carmo apareceu correndo com um frasco de repelente dizendo que era melhor a doutora passar aquilo na pele devido aos insetos. Ou seja, meu plano não ia funcionar.

O passeio demorou grande parte da manhã. Sou forçado a confessar que a minha irritação com a doutora estava passando, até achei bom o Zé do Carmo ter se lembrado do repelente. E quando voltamos para a fazenda, o almoço foi muito agradável. Ela só fazia perguntas inocentes, como por que o meu cavalo se chamava Zigena, e eu expliquei que o meu cavalo era uma égua, que os equinos, à medida que nascem, vão recebendo do criador nomes com iniciais que seguem a ordem do alfabeto, e que nome feminino iniciado por Z não é fácil e eu já tinha uma Zígnia e uma Zíngara e que Zigena significava uma espécie de mariposa.

E os passeios a cavalo e os passeios no rio nos dias seguintes foram ainda mais prazerosos, eu lhe dizia os nomes dos animais, pássaros e árvores e flores que avistávamos em nosso caminho, e mostrei-lhe na beira do rio os jaburus, também chamados de tuiuius, com o seu longo bico negro, a ave pescadora que simboliza o Pantanal. Tomávamos o café da manhã e almoçávamos e jantávamos juntos todos os dias e eu queria estar com ela o tempo inteiro. E acordávamos cedo para ver o sol nascer e esperávamos o fim da tarde para assistir ao pôr do sol, e não há nada mais bonito no mundo, até um ateu vendo a aurora no Pantanal acredita na existência de Deus. A presença de Suzana me dava uma sensação estranha, que eu nunca havia sentido, as mulheres entravam e saíam rapidamente da minha vida, aquilo era uma coisa nova, aquele sentimento de gostar de ter a mesma mulher perto de mim o tempo todo. De repente eu me vi falando da minha vida, das minhas viagens, da minha visita à Austrália com o meu pai, que fora ver as fazendas de gado, quando eu tinha 16 anos, a primeira vez que eu tive contato com o AA, mas essa parte eu não contei para ela, nem contei que foi o AA que me levou a Inglaterra, França e Estados Unidos. Ela falou da vida dela, disse que era uma mulher de recursos e que quando deixara de exercer a medicina, profissão que escolhera por acreditar que assim poderia ser útil ao seu semelhante, descobrira que poderia fazer isso de outra forma, ajudando as pessoas a terem seus direitos respeitados.

Nesse momento, Suzana calou-se, de maneira inesperada. Percebi alguma coisa em seu rosto que me deixou preocupado; ela me pareceu ter ficado subitamente infeliz e cansada.

Para quebrar o silêncio, fiz uma pergunta desastrada:

E os animais? E o rodeio?

Devo confessar uma coisa a você. Meu nome foi muito divulgado naquele episódio, mas eu apenas estava ajudando uma amiga minha que dirige uma organização de proteção dos animais, e me envolvi demais e o meu nome apareceu nos jornais. Meu interesse é outro. Direitos humanos é o meu campo de ação. Menti para você. Eu vim aqui porque tive informações de que nessa região se pratica uma forma odiosa, sádica, de abuso contra pessoas indefesas. Mas sinto em meu coração que se esse crime é cometido nesta região, você não participa diretamente dele.

Abuso sádico?, eu disse, sentindo que a minha voz tremia.

Ela me olhou com uma certa tristeza. Você tem alguma coisa a me dizer?, perguntou, mais baixo e mais rouco do que o normal.

Não sei do que você está falando.

Eu vi aquele... homem que chegou aqui com o senhor Janjão, no outro dia.

Por favor, eu supliquei, segurando na mão dela.

Eu é que digo por favor, Guilherme, ela disse, apertando a minha mão, me conta tudo, eu preciso que você me diga a verdade. Eu vi você mandando aquele... homem se esconder na casa do capataz.

Eu não o mandei se esconder na casa do capataz, disse apenas para ele ir para a casa do capataz.

Dá no mesmo, você não queria que eu o visse, e tendo-o visto não queria que eu falasse com ele.

Não estou entendendo por que você está criando todo esse caso.

Anda, diz o que aquele anão estava fazendo aqui!, ela gritou. Eu sei que ele faz parte dessa competição repugnante que vocês realizam todos os anos, um jogo nojento conhecido como Arremesso de Anão!

Eu comecei a me defender, nós pagamos a eles, pagamos bem, o Rafael era homem-bala no circo, enfiavam ele na boca de um canhão e disparavam, ele podia morrer ganhando uma miséria, agora a vida dele é muito melhor.

Mas Suzana não me deixou terminar, levantou-se abruptamente e saiu correndo da varanda, nem tive tempo de dizer que o Rafael nem mesmo era arremessado, agora ele era o agente que contratava os outros anões para serem arremessados, e não tive tempo de perguntar o que havia de sádico nisso, os anões se empenhavam para participar da competição, usavam proteção nos joelhos e nos cotovelos e capacetes na cabeça, ganhavam mais do que um anão trabalhando num circo ou vestido de rato Mickey na Disneyworld, e quando um deles se machucava nós cuidávamos dele e pagávamos um bônus tão alto que muitos almejavam se ferir durante a competição para recebê-lo. Mas ela saiu correndo, e quando me refiz fui atrás dela, mas Suzana estava trancada no quarto.

Bati na porta, por favor, me deixe entrar, quero explicar tudo para você.

Não quero explicações, vá embora, ouvi ela dizer com voz chorosa.

Fui para o rádio e entrei em contato com o Janjão.

Janjão, ela sabe de tudo, eu disse.

Que merda, ele disse.

A merda pior é que eu estou apaixonado por ela e vou cancelar a competição.

Você está maluco? O Arremesso de Anão está marcado para daqui a 15 dias, estão vindo os campeões da Austrália, dos Estados Unidos, da França. O Jimmy Leonard, vencedor absoluto do British Dwarf Throwing Championship já confirmou presença, e vem também aquele australiano recordista mundial que arremessou um anão de quarenta quilos a trinta pés de distância, está tudo organizado, pelo amor de Deus, não podemos cancelar a competição agora. Amanhã passo aí para conversarmos, hoje eu não posso, mas amanhã chego aí depois do almoço, não faça nada antes de conversarmos.

Suzana não apareceu para jantar. Eu estava sem fome, meu coração pesado, e fiquei bebendo na sala, sozinho, e quanto mais eu bebia mais a minha cabeça se embaralhava. Direitos humanos... Um direito humano do anão é usar o seu corpo para ser arremessado à distância por alguns esportistas, antigamente os anões eram arremessados como brincadeira por bêbados nas portas dos bares, mas agora eles participavam de um esporte no qual eram os que mais ganhavam, inclusive os que mais adquiriam fama, Lenny, o Gigante, o anão inglês arremessado na final do campeonato britânico de Arremesso de Anão, era mais famoso do que o campeão Jimmy Leonard, os anões querem ter assegurado o direito de trabalhar, um boxeur tem o direito de ir para dentro do ringue levar socos e alguns morrem das pancadas, Muhammad Ali ficou inválido de tanto apanhar, isso a televisão mostra e ninguém pensa em proibir, e algum anão morreu ou ficou aleijado?, não, nunca, mas de toda forma fazemos o seguro de acidente e de morte... Está errado os outros decidirem como você vai usar o seu corpo, o seu útero, boa ideia, eu tinha de falar com Suzana do direito de dispor do próprio útero, ela era mulher e esse era um bom gancho, temos direito constitucional sobre o nosso corpo, podemos fazer dele o que bem entendermos... E os anões queriam ser arremessados, ganhavam bem para isso e não eram humilhados, e o Arremesso de Anão não aumentava o desprezo que as pessoas sentem pelos anões, esses liberais chorões hipócritas deixam os anões se cobrirem de ridículo nos espetáculos teatrais e levam as crianças para aprenderem a desprezar os anões no circo, isso sim é que devia ser proibido, mas não, querem tornar fora da lei o Arremesso de Anão no mundo inteiro, uma atividade esportiva e cultural que não afeta negativamente o bem-estar, a saúde, a dignidade dos anões arremessados... Porra, o Rafael estava vivo mas podia ter morrido como homem-bala e tinha cinco filhos.

Acordei com Suzana em pé ao meu lado, me olhando com o olhar intenso dela, me pareceu, ou então era a ressaca que me fazia ver coisas, que algo no seu rosto dizia que ela também me amava.

O senhor está em condições de me levar a Corumbá?

Claro, eu disse, levantando-me do sofá.

Durante a viagem eu falei sozinho, expliquei como via o Arremesso de Anão, fazendo a ressalva de que não estava tentando persuadi-la de nenhuma forma, disse que faria tudo para impedir que o esporte se desenvolvesse, aquele era o último campeonato do qual eu participava, eu não podia fugir, estariam presentes os grandes campeões do mundo e eu seria o único no hemisfério Sul capaz de enfrentá-los, era o nome do Brasil que estava em jogo. E ela abriu a boca nesse momento para dizer isso é uma tolice e continuou calada, mas o seu rosto foi amaciando e teve uma hora que ela teve de se controlar para não rir e afinal ela voltou a falar, perguntou como é que o anão era arremessado e eu expliquei que duas tiras de couro eram passadas em volta do seu corpo, uma na altura do quadril e outra no peito, e que o arremessador agarrava uma tira com cada mão, colocava o anão em posição horizontal, a cabeça para a frente, e o arremessava dessa maneira.

Quando chegamos a Corumbá, depois de cumprir as exigências do DAC, levei-a até o portão de embarque, onde ela ia pegar o avião de carreira para São Paulo.

Eu te amo, eu disse.

Eu sou mais velha do que você.

Comecei a dizer a minha mãe, mas calei a boca, eu ia dizer a minha mãe era mais velha do que o meu pai, mas a minha mãe morreu de parto e era melhor eu mudar de assunto.

Posso ir a São Paulo ver você?, perguntei.

Vou pensar, ela respondeu.

Antes de sumir na porta de embarque Suzana virou-se para trás e de longe eu senti a intensidade do seu olhar.

À MANEIRA DE GODARD

MESTRE DE CERIMÔNIAS

Eu sou o Mestre de Cerimônias e vou logo advertindo que vocês devem prestar muita atenção em tudo o que vai ser mostrado e dito aqui, do contrário terão a falsa impressão, em certos momentos, de que estão assistindo a ardilosos jogos de palavras, a estapafúrdios exercícios verbais, ou então cochilarão ou, mais lamentável ainda, sairão no meio do espetáculo. Este é o quarto de Romeu, um quarto despojado onde vemos apenas uma cama, duas cadeiras e uma mesinha com um telefone, além de vários livros espalhados pelo chão. O telefone pode tocar, mas ninguém vai atender. Romeu e seu interlocutor, Wilson, não percebem a minha presença. Deixem-me recordar, enquanto eles permanecem em silenciosa inconsciência, um trecho do *Filebo*, de Platão, um diálogo entre Sócrates e Protarco. Depois vocês perceberão a importância dessas palavras. Diz Sócrates: E assim, Protarco, proclamarás por toda parte, aos presentes por tua palavra, aos ausentes por mensageiros, que o prazer não é o primeiro dos bens, nem mesmo o segundo; que o primeiro é a medida, aquilo que tem medida e propósito, e todas as outras qualidades semelhantes que receberam uma natureza eterna. Sim, responde Protarco, isso parece ser o resultado do que foi dito até agora. O segundo bem, acrescenta Sócrates, é a simetria, o belo, o perfeito, o suficiente, e tudo o que pertence a essa família. Assim parece, diz Protarco. E se colocares em terceiro lugar a inteligência e a sabedoria, presumo que não andarás muito longe da verdade, diz Sócrates. Acredito que sim, responde Protarco. E não colocarias em quarto lugar, continua Sócrates, aquilo que atribuímos especialmente à alma — as ciências, as artes, e as opiniões verdadeiras, como as chamamos? Estas coisas vêm depois das três primeiras e por conseguinte são as quartas, sendo certamente mais aparentadas com o bem do que o prazer. É possível, concorda Protarco. E em quinto lugar, diz Sócrates, os prazeres que definimos como isentos de dor, a que chamamos os prazeres puros da própria alma e que acompanham, uns o conhecimento, outros as sensações. Talvez, responde Protarco. Agora que terminei minha introdução, eu, o Mestre de Cerimônias, vou me sentar quieto lá no fundo. Passo a palavra para Romeu e Wilson.

ROMEU
Ela é odiada pelas feministas e pelos machistas.

WILSON
E pelos conservadores e pelos progressistas. Pelos brancos e pelos pretos. Pelos gordos e pelos magros. Ela é contra todos, e ser contra todos é uma forma astuta de não ser contra ninguém.

ROMEU

O que eu não gosto nessa mulher que se autodenomina destruidora de mitos são as suas opiniões fúteis sobre todos os assuntos, violência urbana, consumismo, pobreza, dívida externa do Terceiro Mundo, conflitos no Oriente Médio, sexo, poluição, demografia, etnia, ecologia, clonagem, eutanásia. Numa discussão, quando lhe faltam argumentos ela muda de tópico ou agride o antagonista com frases de efeito.

WILSON

Conte-me como foi o primeiro encontro de vocês.

ROMEU

Ao encontrá-la por acaso nesse seminário caça-níqueis, eclético e esdrúxulo a que compareci, esquecendo as normas rígidas que adotei para mim há muito tempo — conversar o menos possível com mulheres e nunca discutir com elas —, eu lhe disse: sua postura neomalthusiana não é científica.

WILSON

Que imprudência.

ROMEU

Sei quem é você, Romeu, ela falou, li seu artigo sobre o destino do homem na revista *Olhando o Passado* e sei outras coisas a seu respeito, mas não podia imaginar que é um nefelibata partidário dessa concepção mítica, piegas e cientificamente ridícula, de que o número dos que participam do banquete pode ser aumentado infinitamente. Contenha-se, minha senhora, trepliquei, suas posições são sabidamente reacionárias, radicais, quimericamente anárquicas. Ela revidou: Você me parece um machista escravizado a mitos, essa sucata não reciclável usada por cientistas políticos, sociólogos, antropólogos e economistas. Normalmente esses caras têm merda na cabeça.

WILSON
Você não devia provocá-la. Nesses momentos ela é insuperável.

ROMEU
Confesso que não sei o que mais me chocou em nossa conversa, se a linguagem abusiva ou a frieza da sua dicção. Calei-me, de boca aberta, com o ar aparvalhado que exibo quando fico perplexo. Sabia que mesmo para um homem dotado do maior sangue-frio, e esse não é o meu caso, discutir com uma mulher inteligente e agressiva é muito arriscado. Ainda pior sendo ela uma mulher que exibe um encanto estudado, com insuportável arrogância. Ou um encanto insuportável, com estudada arrogância.

WILSON
Encanto, arrogância, insuportabilidade — é a nova mulher.

ROMEU
Ela continuou no ataque. Outra coisa, paleontólogo, disse, você tem um problema, você precisa de ajuda. Largou meu braço e virando-me as costas afastou-se num passo que mais parecia o de uma modelo desfilando.

WILSON

Ela anda como se pisasse sobre uma imaginária linha reta, colocando um pé rigorosamente à frente do outro, o que lhe dá aos quadris um balanço instigante. O que você foi fazer nesse seminário?

ROMEU

Uma palestra, "Por que a espécie dominante do planeta Terra não é, hoje, uma criatura que se reproduz botando ovos?". O cínico organizador do seminário me dissera que havia entre os assistentes quem pensasse que essa criatura seria uma galinha. Provavelmente muitos dos presentes, mais acostumados a ver televisão do que a assistir palestras, estavam ali para ver Julieta, a quem conhecem da TV, ainda que não entendam metade do que ela costuma dizer.

WILSON

Romeu e Julieta, muita coincidência...

ROMEU

Julieta iria falar, no seminário, sobre "O mito do ecologismo indígena". Ao notar que ela me observava a certa distância e ao rememorar mais uma vez que me ameaçara com a sua ajuda, levantei-me, procurei o organizador, disse-lhe, num tom que pretendia ser irônico, que na verdade essa criatura que poderia dominar a Terra era de fato uma galinha, e saí apressadamente do edifício onde se realizava o seminário.

WILSON
Continua.

ROMEU
Corri pelas ruas, peguei um táxi, e chegando em casa tranquei a porta da frente com a chave de quatro ressaltos, depois fui para o quarto, deitei-me na cama e cobri a cabeça. Outra mulher já se propusera a ajudar-me antes — Maria da Penha —, e o resultado fora catastrófico. Para não ouvir a campainha da porta, instalei um CD no Digital Audio, coloquei os fones nos ouvidos, programei o aparelho para repetir ininterruptamente a música e isolei-me do irritante ruído do mundo exterior durante dois dias, deitado na cama, com a cabeça coberta.

WILSON
Dois dias?

ROMEU
Talvez três, ou quatro. Então senti — quanto tempo transcorrera? era quinta, sexta, sábado ou domingo? — um leve toque na cabeça. Afastei o lençol, imaginando que uma coruja tivesse entrado pela janela; uma coruja já entrou no meu quarto certa noite e roçou as asas na minha cabeça, acordando-me. Era Julieta. Olhei para as mãos dela, para ver se segurava uma tesoura, todos sabem que mulheres assassinas gostam de usar tesouras.

WILSON
Ela levava uma tesoura nas mãos?

ROMEU
Não, apenas algum dinheiro em notas. Como você entrou aqui?, perguntei, tirando os fones dos ouvidos. João!, ela gritou. Um homem de macacão segurando ferramentas entrou no quarto. Este bom chaveiro teve a bondade de abrir a porta, disse ela calmamente, dando o dinheiro que tinha nas mãos ao homem. O homem agradeceu e retirou-se. Essa mulher é um demônio.

WILSON
Ela me atrai.

ROMEU
Deixe-me continuar. Ela sentou-se na cama ao meu lado. Por que você não ficou para ouvir minha palestra?, perguntou. Vai ter de ouvir agora. Seu corpo roçou no meu e me deu um calafrio. Pedi a ela que sentasse numa poltrona do quarto. Lamentei-me, arrependido, de não ter um telefone para pedir socorro à polícia, ou talvez, melhor ainda, ao corpo de bombeiros. Vejo que está sorrindo secretamente, disse Julieta, fazendo o que eu pedira e sentando-se na poltrona em frente à cama. Cruzou as pernas, o vestido escorregou pelas coxas, bem além dos joelhos, e por instantes senti-me morbidamente hipnotizado por aquela carne nua, da tonalidade que os fabricantes de carros Volkswagen chamavam de cor gelo. Fechei os olhos.

WILSON
Eu sei o que é isso.

ROMEU
Ela disse: Para vir aqui a esta hora tive que inventar uma desculpa para o meu marido.

WILSON
Ela é casada?

ROMEU
Está se separando. Perguntou se eu estava confortável, ali deitado debaixo dos lençóis.

WILSON
Não se deve conversar com ninguém em se estando deitado. A não ser que a outra pessoa esteja deitada também.

ROMEU
Ela ia me falar sobre o mito do ecologismo indígena, a palestra que eu não quis ouvir no congresso. Alegou que assim poderíamos nos conhecer melhor. Queria me conhecer melhor antes de começar a me ajudar. Não quero ouvir sua palestra, eu disse, você é tudo o que eu odeio — racista, reacionária, terrorista ecológica, anarquista, solipsista.

WILSON
Solipsista?

ROMEU

Você, continuei ofendendo-a, é o vibrião da cólera, um rato preto infestado de pulgas errantes, você é a xistossomose, o mal de Chagas.

WILSON

Ela?

ROMEU

Ela disse: Você esqueceu o neomalthusianismo. Ouça, não sou nada do que você disse. Não tenho preconceito contra nenhuma etnia, meu terrorismo ecológico nunca passou da elaboração de planos sentimentais para explodir a usina nuclear de Angra dos Reis ou jogar piche nos casacos de pele das burguesas ricas, algo inexequível num país quente como o nosso, onde as burguesas se vestem de seda e as usinas nucleares não funcionam; e meu anarquismo, como o de todos, não passa de outro mito. Quanto a sua acusação de solipsismo, poderemos conversar melhor sobre isso com o vagar que o tema exige. Então ela fez uma pausa, curvando-se na poltrona. Seus joelhos emitiam uma luz fosca. E disse: Vou fazer-lhe uma confissão que nunca fiz a ninguém. Vim aqui, Romeu, para ajudá-lo no seu problema.

WILSON

Você deixou ela falar. Foi um erro.

ROMEU
Vá embora, vá embora, eu disse, fechando os olhos. Ela respondeu com voz sedutora: Você não quer me falar sobre a criatura ovípara que poderia estar dominando o mundo? Estou muito interessada nisso. O público do seminário ficou muito frustrado com o fato de você não ter feito a conferência. Fale-me sobre essa criatura.

WILSON
O que você disse?

ROMEU
Eu disse: Não, não!

WILSON
Cobriu a cabeça com o lençol?

ROMEU
Sim. Mas ela descobriu lentamente minha cabeça, olhando-me com um sorriso de Florence Nightingale. Deixe-me ajudá-lo, ela repetiu, o seu problema pode levá-lo à loucura, veja o estado em que você está.

WILSON
Como é que ela conhece o seu problema?

ROMEU
Depois eu lhe conto. Retire-se, pedi-lhe com voz fraca.

WILSON

Ela começou a dominar você nesse momento.

ROMEU

Não vai doer, você não vai vomitar..., ela disse.

WILSON

E depois?

ROMEU

Voltei a cobrir a cabeça com o lençol. Antes que Julieta se retirasse, ouvia-a dizer que tão logo se separasse do marido passaria a se dedicar exclusivamente a mim. Vou resolver o seu problema e você ficará eternamente grato. Wilson, sinto vontade de matar Julieta, jogando-a pela janela. Esganando-a. Posso bater com a raquete de tênis na cabeça dela, quando adolescente joguei tênis e ainda guardo a raquete em algum lugar da casa. Posso amarrá-la dentro da banheira e cortar-lhe os pulsos e fazê-la sangrar como uma grande galinha. Tem que ser dentro da banheira, pois detesto sujeira e tenho nojo de sangue. Envená-la com soda cáustica.

Luz incide sobre Mestre de Cerimônias.

MESTRE DE CERIMÔNIAS

Permitam que saia daqui desta cadeira para fazer uma pequena observação. Nós estamos num teatro, e se no teatro as palavras são importantes, o movimento também o é. Ninguém aguentaria apenas ler estas palavras, seria um texto muito chato, e daqui a pouco ficará ainda mais aborrecido. Como estamos num teatro, uma cama vai aparecer, Romeu vai se deitar nela, Julieta entrará em cena, e tudo o que Romeu disser vai ser visto por vocês. Pode entrar, Julieta. Pronto, eis Julieta. Vocês a imaginavam assim? Desapareça, Wilson. Creio que podemos começar nossa cena, que antes era apenas narrada por Romeu.

A encenação do diálogo anterior entre Julieta e Romeu é feita.

MESTRE DE CERIMÔNIAS
O palco escureceu, dois ou três espectadores tossiram na plateia. Engraçado, no cinema ninguém tosse, talvez por falta de oportunidade, pois a ação é contínua, mas no teatro, nos concertos, qualquer intervalo é invadido por esses ruídos. Julieta retirou-se e aqui estão novamente Romeu e Wilson, continuando sua conversa. Vou voltar a ficar sentado ali no fundo, fora de foco, esperando minha vez.

ROMEU
Julieta gosta de dizer que tem um pé na África, ou na cozinha, como sua mãe, e assim assume, talvez falsamente, sua ascendência negra. Mas a pele de Julieta é muito branca, como gelo, conforme já lhe disse. O que ela quer é demonstrar, por um lado, isenção ao falar mal de gente de pele escura em geral — cientistas dizem a verdade, doa a quem doer, é um dos seus motos —, e por outro anular, de certa forma, as acusações de racismo que lhe fazem, nenhum racista assume sua mestiçagem. É preciso

reconhecer, ela é muito atacada. Acusam-na — como eu mesmo faço — de racista, de terrorista cultural, de ser subvencionada por organismos imperialistas interessados em impedir, por meio de programas de controle populacional, o engrandecimento do Brasil; homens de negócios e publicitários em geral odeiam-na pelos ataques violentos que faz à sociedade de consumo; finalmente todos abominam sua agressividade e arrogância, características consideradas incompatíveis com a alma feminina.

WILSON
E a terceira vez que a encontrou?

ROMEU
Foi durante a conferência do professor universitário e renomado ecólogo padre Bassoli, intitulada "Como voltar a uma relação harmoniosa entre o homem e a natureza". Julieta interrompeu o orador e disse, num discurso paralelo, que nunca houvera uma relação harmoniosa entre o homem e a natureza, um sempre agredira o outro, a natureza com furacões, secas, inundações, vulcões, pestes, frio e calor excessivos. E doenças, ela acentuou, a doença faz parte da natureza, vírus e bactérias são seres vivos naturais que também têm uma relação hostil com o homem, principalmente por não terem sexo e poderem se reproduzir de maneira prodigiosa. Este animal humano, fisicamente frágil, se defende dos ataques destruindo a flora, a fauna e o solo do planeta e, sendo dotado de inteligência e maldade, é Julieta quem está falando, o homem desenvolveu ao longo dos tempos uma tecnologia cada vez mais eficiente e destrutiva na luta contra sua

inimiga, enquanto se multiplicava — aqui entra o seu bordão da avalanche uterina — como ratos. Não há uma relação harmoniosa nem mesmo entre o homem e a sua natureza animal, disse ela. A natureza deteriora o animal com a doença, com a velhice, e depois o aniquila. As bactérias estão aí para isso.

WILSON
Ela não deixa de ter alguma razão.

ROMEU
Foi engraçado. O conferencista pediu timidamente que ela o deixasse terminar a sua palestra. Os homens, mesmo os padres, sempre se acovardam diante dela, escondendo o ódio que sentem no fundo do coração. Primeiro termino eu, cortou ela, que já me vira no salão e falava olhando para mim. No ano 1000 havia 275 milhões de seres humanos na Terra. No início do século XVII, quando Shakespeare já escrevera seus dramas e Camões seus poemas, quando Da Vinci pintara a *Mona Lisa* e Miguel Angelo a Capela Sistina, havia em nosso mundo apenas 486 milhões de pessoas. No século XIX a população do mundo — 992 milhões de homens — era inferior à população da China hoje. Ainda no século XX, pouco antes da Primeira Grande Guerra, a população da Terra era de um bilhão e seiscentos milhões de homens.

WILSON
Diabólica.

ROMEU

Então ela estendeu seu braço cor gelo e perguntou, apontando para a plateia, apontando para mim, alguém aí nasceu em 1960?

WILSON

Astuta.

ROMEU

Um ou dois levantaram a mão. Eu, que havia nascido naquele ano, fiquei imóvel. Quando vocês nasceram, ela continuou sua peroração, viviam em nosso mundo dois bilhões e 992 milhões de indivíduos. Hoje somos mais de cinco bilhões. O homem — ela fazia questão de dizer o homem e não o ser humano, assim lhe interessava naquele momento —, o homem prevaleceu, triunfou, ele se tornou o verdadeiro rei dos animais, de todos os animais, e faz parte da sua essência maléfica crescer como um câncer, inventar novas maneiras de destruir. O problema é que esse animal, para continuar mandando no mundo dessa maneira esbulhatória, precisa constantemente de mais ar, mais água, mais espaço, mais riquezas e prazeres que a natureza, a sua inimiga, já não tem para lhe entregar ao ser estuprada. Se essa espécie da ordem dos primatas e da classe dos mamíferos chamada homem continuar crescendo, chegará um momento em que não conseguirá mais satisfazer a suas mínimas necessidades. Por acaso esta última frase é do Lévi-Strauss. Julieta não tem escrúpulos em plagiar, parafrasear distorcendo, citar mentirosamente. Tento reproduzir com a máxima fidelidade o que ela disse.

WILSON

Muito bem-articulado.

MESTRE DE CERIMÔNIAS

Não preciso dizer que agora veremos ao vivo essa cena. Entra, Julieta. Onde é que está o padre? Entra logo, padre.

A cena é mostrada etc. Depois a luz se apaga e voltam Romeu e Wilson.

ROMEU

Alguns aplaudiram a sua intervenção, outros vaiaram, eu entre estes. Nessas ocasiões ela sempre aumentava o número de seus inimigos, mas também, sou obrigado a reconhecer, fazia crescer a legião de seus admiradores. Digamos que de cem pessoas que a conheciam, cinquenta a odiavam e as outras cinquenta a amavam. Eu me incluía, repito, entre os que a odiavam.

WILSON

Cuidado. O ódio é uma forma de dependência tão forte quanto o amor.

ROMEU

Então Julieta, que o tempo inteiro não tirara os olhos de mim, sentado na plateia, aproximou-se e disse: Nosso momento está chegando e, preste atenção, minhas razões são sthendalianas; quero aprofundar o conhecimento das paixões humanas, por um lado, e por outro libertar a mim e a você. Onde está a medida: Wissen macht frei ou Wollen macht frei?

WILSON
Síndrome de Tobias Barreto.

ROMEU
A frase em alemão fora dita por ela supondo, acertadamente, que eu conheceria a língua de Von Zittel. Quase em pânico, entendendo que tempos difíceis estavam para vir, eu não sabia o que fazer para me proteger.

WILSON
Você me surpreende.

ROMEU
Fui salvo pelo padre conferencista, que se meteu entre mim e Julieta, dando-me oportunidade de fugir.

MESTRE DE CERIMÔNIAS
Agora, depois que as luzes se apagaram e acenderam e volto a estar sozinho em cena, quero dizer que continuo sem entender aonde vamos chegar. Sou um M.C., não exatamente um membro do coro da tragédia grega, com sua função de explicar a trama e ajudar o espectador a purgar suas emoções de medo e piedade através de sua participação na tragédia. Minha função é mais a de um contrarregra, um funcionário encarregado de indicar a entrada e a saída dos atores, dirigir o funcionamento dos

maquinismos. Um mês depois do último diálogo que tiveram, Wilson e Romeu conversam sobre Julieta. Wilson está deixando crescer uma barbicha. Romeu usa óculos. Continuam as duas cadeiras e a mesinha com o telefone, que toca e ninguém atende. É bom perturbar os espectadores de vez em quando, para eles não dormirem. Bem, prossigamos.

ROMEU

Mudei de casa, para que Julieta não pudesse me encontrar, o que me acarretou grandes sacrifícios, pois tinha mais de cinco mil livros e para distribuí-los no novo apartamento tive de colocar estantes até mesmo na cozinha. Passei a me alimentar, basicamente, de ovos crus, chupados na casca, pão e bananas, não por motivos dietéticos, mas por comodismo. Estava muito feliz em minha casa secreta, como sempre sem telefone, isolado do mundo, escrevendo "A destruição das florestas tropicais põe em risco a sobrevivência do homem como espécie animal? Uma abordagem paleontológica", lendo, ouvindo música, sempre as mesmas, comendo pão com banana e chupando ovo. Mas um dia o pão, que eu guardara em grandes quantidades na geladeira, mofou, e as inumeráveis bananas dos 26 cachos que comprara amadureceram e apodreceram ao mesmo tempo, enchendo a casa de miríades de minúsculos insetos voadores. Senti fome, depois de jogar tudo no lixo, a visão das bananas podres cercadas de nuvens de pequenos mosquitos havia tirado minha fome; agora, livre das moscas, voltara a ter vontade de comer. Perto do meu novo apartamento havia um supermercado que ficava dia e noite aberto. Nessa noite saí para comprar ovos, pão e bananas. Quando voltava, encontrei Julieta na porta do edifício. Ela me ameaçou: É melhor você me deixar entrar, do contrário faço um escândalo, você já me imaginou fazendo um escândalo?

WILSON
Isso está além das nossas previsões mais delirantes.

ROMEU
Deixei cair a caixa de isopor com ovos. Ela apanhou a caixa para mim. Dois ovos haviam se quebrado. Subimos juntos, no elevador, em silêncio. Como foi que você me descobriu aqui?, perguntei. Você é muito bobo, ela respondeu. Entramos no apartamento. Julieta olhou sem muito interesse os livros espalhados pela sala; deteve-se olhando os CDs ao lado do Digital Audio. Você tem rock? Respondi: Não, essa é toda a música que tenho. Perguntei se ela queria comer uma banana. Descascamos as bananas.

WILSON
Descascar bananas é um gesto muito tranquilizante.

ROMEU
Maria da Penha é minha irmã, disse Julieta.

WILSON
Por essa eu não esperava.

ROMEU

Eu ia dar uma dentada na banana mas depositei-a, lívido, com mãos trêmulas, num cinzeiro que havia sobre a mesa. Maria da Penha me contou tudo, disse Julieta, comendo uma segunda banana.

WILSON

Maria da Penha é irmã dela. Ora, ora.

ROMEU

Eu lhe contei quando Maria da Penha um dia deitou-se nua à minha frente, e o choque que senti ao ver-lhe a vagina.

WILSON

Você desmaiou.

ROMEU

Julieta disse que a irmã agora está casada com um belga e mora na Holanda, que Maria da Penha havia desaparecido da minha vida e da dela para sempre. Coma sua banana, acrescentou. Ficamos os dois comendo banana, de maneira circunspecta.

WILSON

Afinal, o que você sente, ou sentia, pela genitália feminina? Eu sempre quis lhe perguntar isso.

ROMEU

Uma espécie de horror.

WILSON

Horror, como? O cheiro? O aspecto multifário da fenda? Aquela boca vertical cheia de lábios?

ROMEU

Não sei. Não sei. Ela perguntou: Por que você pensa que tenho andado atrás de você? Nosso encontro naquele seminário idiota não foi por acaso.

WILSON
Óbvio.

ROMEU

Desde o momento em que comeu a banana, a arrogância de Julieta, por algum motivo que não entendi, foi substituída por disposição suave, mais aparentada com a melancolia.

WILSON

Para eu não me perder, onde vocês estavam nesse momento?

ROMEU

Na minha casa. Onde poderíamos estar a comer bananas? Você não está prestando atenção no que eu digo.

WILSON
Continue, por favor.

ROMEU

Respondi: Achei que você era louca. Ela disse: Eu o procurava porque tenho o mesmo problema que você. Eu: O mesmo problema, como? Ela: Não posso contemplar a genitália masculina. Como você ao ver uma vagina, a primeira vez que vi o pênis de um homem também desmaiei. De aversão, mas também de horror. Eu: E o seu marido, de quem você estava se separando? Ela: Meu marido era uma mulher, separei-me dela porque não quero ser casada com uma mulher. Foi um equívoco, pensar que minha reação significava que eu fosse homossexual. Infelizmente não sou.

WILSON

Você pode me fazer um favor?

ROMEU

Posso.

WILSON

Para de falar eu dois-pontos, ela dois-pontos.

ROMEU

Perguntei, e se eu for homossexual? Ela riu. Maria da Penha saberia, ela é uma sexóloga da maior competência, com trabalhos publicados na revista *Sexology Today*, não tenho dúvidas quanto a sua virilidade; ao saber que você tinha, como eu tenho, esse problema não de todo raro, resolvi procurá-lo para juntos encontrarmos uma solução, mas você sempre me evitou. Eu reclamei da sua agressividade e ela explicou que se tratava de uma armadura, uma máscara igual à que eu usava para proteger-me da minha timidez, uma forma de fugir do problema comum, o qual ela denominou heterogenitofobia.

WILSON
Um neologismo?

ROMEU
Acredito que sim. Ela disse que, assim como o medo de Phobo era um produto da imaginação do grego, nossa ansiedade, nosso pânico, nosso horror também era imaginário. Tudo isso podia ser superado por um jogo, um processo para diminuir a aflição que sentíamos, atacando o foco fóbico em suas antíteses mental e física.

WILSON
Agora começa a complicar. Um jogo?

ROMEU
Sim, um jogo, a que ela denominou o Jogo da Arte e Ciência do Partejar.

A cena é mostrada etc. Depois a luz se apaga. Agora estão em cena Romeu e Julieta.

MESTRE DE CERIMÔNIAS
Romeu e Julieta estão jogando o Jogo da Arte e Ciência do Partejar. Ao fundo, vocês estão vendo uma parede cheia de livros.

Os dialogadores estão sentados cada um numa pilha de livros, o que lhes dá um equilíbrio precário. Um telefone que não toca. Vejamos que jogo é esse.

JULIETA
A vagina e o pênis são signos culturais, você concorda?

ROMEU
Deixe-me pensar. Talvez.

JULIETA
As palavras também são signos culturais. A consciência é um fenômeno cultural.

ROMEU
Certamente.

JULIETA
Linguagem e pensamento são substâncias indissoluvelmente ligadas. De acordo?

ROMEU
Substâncias? O que tudo isso tem a ver com o Jogo? Quero, honestamente, deixar claro que desconfio da sua retórica e que meu interesse pela semiologia é muito moderado.

JULIETA

Você não gosta de teorizações, então não vou discorrer sobre os aspectos epistemológicos da simbiose do saber com o prazer, mas sobre como ela pode se realizar. Faremos gestos; falaremos; nos olharemos. O olhar, o gesto, a fala.

ROMEU

Muito bem.

JULIETA

Vou prender meus cabelos atrás da nuca com este elástico. Você conta sua história enquanto lhe mostro minha orelha. Falaremos simultaneamente, e enquanto você vê minha orelha, você ouve e pensa no que eu digo; e ao mesmo tempo ouve e pensa no que você mesmo diz.

ROMEU

Quem começa?

JULIETA

Você. Cada um diz uma frase, com poucas orações.

ROMEU

Na cidade de Borsippa, no norte da Mesopotâmia, há 3125 anos, um sujeito encontrou outro e disse, Você viu a nova mania daqueles sumerianos lá no sul?

JULIETA

A orelha é um dos orifícios do corpo.

ROMEU

Dizem os sumerianos que podem se entender entre si riscando uns sinais que representam objetos, seres e sentimentos, continuou o sujeito. Qualquer coisa que se diga — isto que estamos a falar aqui em Borsippa, por exemplo — pode ser transmitida por sinais, afirmam eles, os sumerianos.

JULIETA

Agora vou pegar sua mão e trazê-la até perto da minha orelha, e você vai passar os dedos de leve em seus ressaltos e reentrâncias. Por ter essa mão, como disse Anaxágoras, o homem é o animal mais inteligente.

ROMEU

Mais uma estupidez sumeriana, respondeu um dos conversadores de Borsippa. Se eu quiser gravar a frase Uma vaca com muito leite, é muito mais fácil desenhar uma vaca com tetas grandes do que riscar um monte de rabiscos.

JULIETA

Agora enfie bem de leve o dedo mínimo no centro da minha concha auditiva.

ROMEU

Estou enfiando o dedo. E todos, aqui, em Akkad, ao ver o meu desenho entenderiam que me refiro a uma vaca com muito leite. Mas os rabiscos que os sumerianos fazem só os sumerianos vão entender.

JULIETA

Muda de assunto.

ROMEU

Um dia eu estava no aeroporto de Nova York aguardando o avião para Toronto quando a meu lado sentou-se um sujeito moreno de lábios roxos com um turbante na cabeça.

JULIETA

Vou pegar sua mão e trazê-la até meu nariz. Como disse Anaxágoras...

ROMEU

O homem do turbante, um indiano evidentemente, num inglês oxfordiano me pediu uma informação, e em pouco tempo estávamos trocando dados e ideias sobre nossos respectivos países. Eu disse que tinha um grande interesse pela cultura indiana — história, costumes, literatura, religiões, organização social. O indiano suspirou e disse que infelizmente a cultura indiana sofrera e continuava sofrendo influências perniciosas avassaladoras da cultura ocidental. Como é? Vou ficar segurando o seu nariz muito tempo?

JULIETA
Não, não. Passe a mão na minha cabeça.

ROMEU
Durante algum tempo trocamos comiserações recíprocas sobre as perdas que a humanidade sofria com a agressão opressora, destrutiva e estúpida resultante da homogeneização cultural. Em certo momento acrescentei, adversativamente, que nem todos os costumes de um determinado povo mereciam ser preservados, como, por exemplo, o antigo costume indiano da viúva jogar-se na pira onde o marido morto estava sendo cremado e reduzir-se a cinzas com ele.

JULIETA
Desça a mão até minha nuca.

ROMEU
O indiano, com voz sonhadora, disse: mas há um lado poético nisso, nesse gesto de amor absoluto, você não acha? Como eu não respondesse imediatamente, o indiano acrescentou: Ou você é contra o amor?

JULIETA
Passe de leve o dedo na raiz dos últimos implantes de cabelo, no fim da minha nuca.

ROMEU
Trezentas e dez concubinas morreram com o marajá Suchat Singh.

JULIETA

Você está sentindo minha nuca esquentar? Eu estou.

ROMEU

Sim. Senti sua nuca esquentar.

JULIETA

O que você está achando do Jogo?

ROMEU

Ainda não sei.

Luzes se apagam e acendem.

MESTRE DE CERIMÔNIAS

As luzes se apagaram e alguns segundos depois foram acesas, para indicar que estamos no dia seguinte. Como veem, Julieta usa um vestido longo, de baile de gala, negro, com longas luvas compridas de pelica negra que vão até os cotovelos. Fuma, utilizando uma piteira. Romeu veste a roupa cinza de sempre. Vou me sentar lá no fundo.

ROMEU

Pensei que ninguém mais usava piteira.

JULIETA

É para evitar rugas sobre os lábios.

ROMEU
E as luvas? Onde você arranjou essas luvas?

JULIETA
Comprei num bazar de antiguidades. Deixe-me pegar sua mão. Falarei das suas mãos. E você falará de outra coisa, algo que você está acostumado a dizer, mas que nada tem a ver com o que está acontecendo entre nós. Ao contrário do que fizemos ontem, vamos falar de coisas menos anedóticas. Aquelas nossas historinhas sobre a estupidez das tradições foi interessante, mas sugiro para hoje um trecho de seu ensaio sobre a catástrofe que causará o fim do mundo.

ROMEU
Não é bem isso.

JULIETA
O que for. Fale, conte por que a espécie dominante do planeta Terra não é uma criatura que se reproduz botando ovos, ou outra coisa que você possa dizer mecanicamente, qualquer coisa, desde que não tenha a ver com o que estou lhe dizendo e fazendo. Lembre-se, é uma interlocução díspar. Está claro? Vamos começar. Veja, vou passar seus dedos delicadamente sobre meus lábios. Não feche os olhos, olhe minha boca, fale da sua catástrofe, paleontólogo, siga as regras do Jogo.

ROMEU

A maior catástrofe de todas, a que causou a maior das extinções, ocorreu há 240 milhões de anos, quando 96% das espécies vivas deste planeta sucumbiram.

JULIETA

Agora veja, vou entreabrir meus lábios e mostrar a você um pedaço da minha língua, só a pontinha.

ROMEU

Depois ocorreram outros cataclismos de grande magnitude. Um deles matou a maior parte dos peixes dos mares do mundo e mais de dois terços dos invertebrados. Mas, devido ao tamanho dos animais envolvidos, a catástrofe mais conhecida, mais famosa, foi a que causou o desaparecimento dos grandes répteis, há 75 milhões de anos.

JULIETA

Toque na minha língua.

ROMEU

Vou falar um pouco sobre essa última catástrofe. Todo mundo já ouviu falar no desaparecimento dos dinossauros. Os dinossauros surgiram em nosso planeta, assim como os mamíferos, espécie zoológica a que pertencemos, da classe dos mamíferos, há 220 milhões de anos. Naquela época nós, mamíferos, éramos do tamanho de um rato, e provavelmente nos parecíamos com um rato.

JULIETA

Agora veja minha boca. Juntei os lábios, deixando uma pequena abertura entre eles.

ROMEU

Durante 140 milhões de anos os grandes répteis dominaram a Terra. No final do reino dos dinossauros houve, num período de oito milhões de anos, seis extinções em massa.

JULIETA

Agora enfia o dedo na minha boca. Por que hesita? Me dê o seu dedo, vou enfiá-lo na minha boca e tocá-lo com a língua.

ROMEU

Não sabemos com certeza o que matou os dinossauros há 75 milhões de anos, se o impacto de um grande asteroide ou cometa ou um extenso ciclo de erupções vulcânicas. O certo é que noventa por cento das florestas da Terra foram destruídas.

JULIETA

Eu estava chupando o seu dedo. Por que o retirou tão abruptamente da minha boca?

ROMEU

Medo de vomitar e de sentir dor. Isso é seu, esse pavor, essa reação, não é?

JULIETA

Sim. Eu havia transferido para você.

ROMEU

Agora chega, é sua vez de falar enquanto eu mando você fazer coisas.

JULIETA

Não sei o que dizer.

ROMEU

Olha meu dedo médio, aquele que enfiei na sua boca.

JULIETA

Continuo sem saber o que dizer.

ROMEU

Segura o meu dedo com sua mão direita.

JULIETA

Sou canhota.

ROMEU

Com a esquerda, então.

JULIETA

Que dedo ossudo.

ROMEU

Envolve agora com a mão inteira o meu dedo, de leve, como se o estivesse enroscando, fazendo a mão escorregar delicadamente em seu movimento giratório sobre o dedo.

JULIETA

O aumento do número de seres humanos na Terra é a maior ameaça a impedir que se alcance a estabilidade ecológica.

ROMEU

Agora que você já sabe como segurar o pênis, com a preensão correta, faça simultaneamente um movimento para cima e para baixo, da base do dedo até sua ponta.

JULIETA

Você conhece os programas gratuitos de vasectomia, o aconselhamento sobre controle concepcional e outras medidas.

ROMEU

Educação e persuasão? Brainwashing.

JULIETA

Não saia do Jogo.

ROMEU

Isso me cheira a fascismo e comunismo, maoismo, para ser mais preciso.

JULIETA

Que maneira fácil de ganhar uma discussão. Você sabe muito bem que a poluição, a degradação e a destruição do meio ambiente poderiam ser controladas se as mulheres tivessem menos filhos. Sim, existem outras coisas a fazer, como obrigar os países desenvolvidos e subdesenvolvidos a usarem equipamentos antipoluentes em suas indústrias, a acabarem com os carros alimentados por combustíveis em favor daqueles movidos a energia elétrica, a tornarem apenas hídrica e eólica a geração elétrica...

ROMEU

Você procura misturar mentiras com verdades para dar às mentiras uma aparência de verdade, mas consegue apenas dar às verdades uma aparência de mentira.

JULIETA

Você quer acabar o Jogo?

ROMEU

A culpa é sua. Não suporto o seu clichê da avalanche uterina. Sua concepção de que os pobres do mundo, ao terem filhos, estão destruindo a Terra...

JULIETA

Dizem que a miséria provoca a devastação do meio ambiente, ou seja, se os bilhões de miseráveis do mundo fossem ricos, a destruição ecológica seria menor. Isso é rematada tolice. A riqueza é ainda mais devastadora. É preciso acabar com a pobreza, todo mundo concorda com isso, mas não aumentando o número dos ricos, não com o crescimento desordenado da espécie humana.

ROMEU

E não pense que gostei de enfiar o dedo na sua boca. Sabe no que pensei, quando fiz isso? No trecho dos *Anais da Roma imperial*, de Tácito, em que Germânico vai dominar um motim de soldados em algum lugar da Gália. Ao chegar, os soldados o cercam com toda sorte de queixas e, para mostrar como o rigor da campanha militar os havia deformado, alguns pegam sua mão, como se fossem beijá-la, mas em vez disso enfiam os dedos de Germânico nas suas bocas para que ele toque suas gengivas desdentadas.

JULIETA

Não sabia que os paleontólogos se interessavam por fatos com menos de dois mil anos. Vamos encerrar por hoje. O Jogo da Arte e Ciência do Partejar não é tranquilo como um diálogo de Platão.

ROMEU

Tenho a impressão de que você quer esterilizar todas as mulheres. Já estão fazendo isso com negros, árabes...

JULIETA

Eu jamais diria uma tolice dessas. Falei em vasectomias; prefiro que se esterilizem os homens. Sabe qual é o problema entre nós dois? Sou voltada para o futuro. Você é voltado para o passado, um passado de história antiga, uma coisa tranquila: não se é responsável por ele, e sua imutabilidade é muito cômoda. A estagnação das feridas no corpo leva à morte. É também letal a estase daqueles como você, que acreditam que especular o passado pode ajudar a prever o futuro, quando ele nem mesmo permite entender o presente. Gostaria que você, da próxima vez, não deixasse de falar na história da criatura que se reproduz botando ovos e que hoje poderia estar dominando a Terra.

ROMEU
Não é uma galinha, viu?

JULIETA
Não? Oh!...

Luzes se apagam.

MESTRE DE CERIMÔNIAS
Agora vamos apagar as luzes e mudar o tempo da ação. Quando as luzes se acenderem, vocês verão Romeu na casa da Julieta falando sozinho, afagando o próprio pênis até torná-lo enrijecido. Em certas localidades, nas pequenas cidades, por exemplo, esse efeito pode ser obtido usando-se um objeto em forma de pênis, de proporções maiores do que o normal, para evitar que o ator se sinta constrangido e dar um ar grotesco e ridículo à ação, tornando-a menos chocante. Mas isso só em último caso. Julieta, usando óculos pela primeira vez, chegará daqui a pouco, mas Romeu não a deixará perceber o que está fazendo.

ROMEU

Onde ela se meteu? Já espero por ela há mais de meia hora. Julieta acredita que entende a realidade a sua volta de maneira absoluta, como algo incontrastável, esquecida de que uma coisa que aconteceu hoje, logo que acaba de acontecer, tem o mesmo valor de uma coisa que aconteceu ontem. O futuro não começa hoje, como ela provavelmente supõe, hoje começa, sempre, ontem. (*Julieta entra em cena.*) Ah! Afinal onde você estava? Esqueceu nosso encontro?

JULIETA

Fui ao oculista, não notou que estou de óculos? Você falava da destruição de quase todas as florestas da Terra e da morte dos dinossauros, pelo impacto de um cometa ou devido a um extenso ciclo de erupções vulcânicas. Da criatura ovípara que hoje poderia estar dominando o nosso planeta. Vamos começar o Jogo. Vou unir os dois dedos indicadores em toda a sua extensão, até os ossos do carpo; depois juntarei os dois polegares, deixando uma abertura estreita que possui uma distante assemelhação com uma forma losangular-ovoide alongada. Isto representa uma vagina.

ROMEU

Minha cabeça está tumultuada.

JULIETA

Enfia o dedo que acariciei outro dia nessa abertura.

ROMEU

Uma criatura que botava ovos, um dinossauro ou outro grande réptil, estaria hoje dominando o nosso planeta.

JULIETA

Agora empurra o dedo para a frente e para trás.

ROMEU

Pronto, enfiei o dedo. Essas extinções em massa, que ocorrem periodicamente na história do planeta, sempre provocaram a aparição de espécies mais resistentes e desenvolvidas, ou seja, propiciaram o surgimento de mais vida na Terra.

JULIETA

Os ecólogos dizem que a destruição da natureza, prevista para um futuro próximo, pode provocar o desaparecimento do homem. Qualquer catástrofe que venha a ocorrer no futuro, por maior que seja, será inferior às megacatástrofes que ocorreram anteriormente. Provavelmente o homem resistirá outra vez, e quem desaparecerá da Terra será o elefante, ou a barata cascuda. Não pare de enfiar o dedo.

ROMEU

O homem poderá desaparecer, mas isso talvez permita o surgimento de seres mais inteligentes, resistentes e melhores do que o homem.

JULIETA

A morte do homem significará *mais* vida e *melhor* vida no mundo.

ROMEU

Talvez.

JULIETA

Você não percebe uma certa compatibilidade de raciocínio entre nós?

ROMEU

Isso me inquieta.

JULIETA

Então acho melhor pararmos.

Luzes se apagam e acendem.

MESTRE DE CERIMÔNIAS

Mais uma vez apagamos e acendemos as luzes. Vocês agora veem Romeu e Wilson conversando numa cozinha que provavelmente é a da casa de Wilson. No fogão, a água numa chaleira de apito ferve, emitindo um silvo irritante. Não esquecer o telefone. Sempre que um espectador cabeceia com sono na plateia, o telefone toca.

ROMEU

Senti falta do Jogo, ficando estes dias longe dela. Julieta me telefonou e disse que o mesmo acontecia com ela, e correu para minha casa. Entrou no meu apartamento com a carne do corpo mais cor gelo do que nas outras ocasiões. Percebeu que eu estava pálido, como se tivesse passado a noite anterior acordado com febre, o que na verdade acontecera. Ficou nua. Disse: Você não vai sentir dor nem vomitar. Desviei os olhos, apanhei um livro, há sempre livros espalhados pelo chão, no meu quarto, e fingi ler. Ela disse: De que adianta eu ficar nua se você não olha para mim? Eu disse que ela parecia uma pessoa exangue. Ela disse, Vamos começar o Jogo. Eu havia decidido ser amável e dizer, no Jogo, alguma coisa que Julieta gostasse de ouvir, algo ligado ao que ela gostava de chamar o mito do ecologismo indígena. Na verdade eu iria repetir um mistifório dela própria, que lera na sua revista, *Mito e Verdade*. Aquela concordância com as opiniões de Julieta não passava de uma estratégia que eu usaria naquele dia, mesmo não acreditando no que falava. Não havia nenhuma compatibilidade de raciocínio, como ela queria. Talvez fosse sempre assim, irresponsável, a troca de palavras em momentos como aquele.

MESTRE DE CERIMÔNIAS

Mais uma vez, a luz vai apagar e acender. Isso pode parecer esquisito num teatro, mas no cinema acontece a todo instante. Agora estamos vendo o quarto de Romeu, ontem. Livros espalhados pelo chão. Romeu, deitado na cama, veste a roupa cinza de sempre. Julieta está de pé, nua, como uma estátua. O telefone toca, ninguém atende.

ROMEU

Estudos paleontológicos recentes comprovaram que quando os maoris chegaram à Nova Zelândia, vindos da Polinésia no ano 1000, massacraram, em poucos séculos, milhares de espécies animais que habitavam a ilha havia milhões de anos. Desembarcaram no norte e foram exterminando os animais à medida que avançavam para o sul.

JULIETA

Acho que estamos chegando a um estágio mais avançado do Jogo. Deixe-me deitar ao seu lado e juntar os indicadores e polegares das mãos, fazendo o gesto que simboliza a vagina.

ROMEU

Esses mesmos polinésios chegaram à ilha da Páscoa, no oceano Pacífico, no ano 400, e encontraram-na coberta de árvores.

JULIETA

Enfia o dedo nesta abertura da minha mão. Mas você não pode tirar os olhos do meu púbis. Imagine o que existe de secreto, as revelações possíveis na fenda que se oculta entre esse tufo de pelos negros que mais parece, pela abundância, uma floresta noturna.

ROMEU

Para fazer canoas e erguer as grandes estátuas de pedra de sua superstição selvagem — de dez metros de altura e 85 toneladas de peso, a maior parte destruída pelo tempo —, os maoris acabaram com todas as árvores.

JULIETA

Agora vou abrir as pernas e eu mesma — depois será você a fazer isso —, com os meus dedos, vou abrir delicadamente a minha vulva e mostrar a você um pouco do seu interior, apenas o suficiente para que você perceba que sua preciosidade supera a da mais rara orquídea e que o seu encanto é maior do que o de qualquer outra criação da natureza ou da imaginação. Não afaste os olhos.

ROMEU

Quando os conquistadores espanhóis chegaram à América, encontraram cidades espectrais em pleno deserto, a maior delas a de Chaco Canyon, que era habitada pelos anasazis, antepassados dos índios navajos. Chaco Canyon, sabe-se hoje, construída entre os anos 900 e 1200, o maior conjunto de edificações da América do Norte na época, era cercada por imensas florestas de pinheiros.

JULIETA

Você está pálido e suando muito. Quer parar?

ROMEU

Não.

JULIETA

Ao contrário do pênis, que pode ser assemelhado a qualquer pedaço de pau — aliás, é um dos apodos pelo qual é conhecido — e tem apenas uma função de transportamento, um mero tubo de trânsito, a vagina é criativa, em todos os sentidos, de fecundidade e inventividade. Em suma, a vagina é transcendente.

ROMEU

À medida que Chaco Canyon crescia, aumentando a densidade populacional, os anasazis arrasavam as florestas. O desmatamento, a erosão, o afundamento do lençol de água consumaram, com a morte e a desolação, o desastre ecológico. No Norte, os antepassados dos índios americanos, séculos antes de os colonos europeus pisarem ali, haviam destruído toda a megafauna que habitava aquela parte do continente, como os bisões gigantes, por exemplo.

JULIETA

Agora aproxime-se e toque de leve nos pelos do meu púbis. Não pare de falar.

ROMEU

Quando os portugueses chegaram ao Brasil, os índios já faziam queimadas, contagiando com essa praga cultural os caboclos que ocuparam a terra mais tarde. É verdade que os índios fazem menos mal à natureza do que esses camponeses hoje assentados no campo de maneira estúpida pelo governo, num arremedo de reforma agrária, mas apenas porque são em menor número. O homem é o único animal que come mais do que necessita. O único animal perdulário. Como se disse no *Apelo de Heidelberg*, os males que rondam o planeta são a opressão e a ignorância, a superpopulação, a fome e as doenças, não a ciência, a tecnologia e a indústria, ferramentas indispensáveis para um futuro que a humanidade ela mesma terá que determinar.

JULIETA

Romeu, Romeu! Você desmaiou? Acorde, por favor! Vou tirar a sua roupa... Que coisa mais difícil, despir um homem desmaiado. Agora coloco um travesseiro sob sua cabeça... Ele abre os olhos... Está voltando a si...

ROMEU

O que aconteceu?

JULIETA

Você desmaiou e eu tirei a sua roupa. Vi sua nudez enquanto você dormia, e nada senti. De horrível, quero dizer. Senti pena de você. Do seu pênis adormecido. Não, não tente se cobrir, se esconder, tenha a coragem de ficar completamente nu, como eu tive.

ROMEU

Eu não senti pena de você ao vê-la nua.

JULIETA

Foi porque eu estava acordada. E uma mulher nua, mesmo dormindo, não causa a mesma piedade que um homem nu dormindo, de pênis inerte.

ROMEU

Quero que você faça comigo o mesmo que fiz com você. Tire as luvas. Passe a mão nos pelos do meu púbis.

JULIETA
Que coragem!

ROMEU
Vamos, faça isso. Agora corra o dedo de leve pelo meu pênis.

JULIETA
Estou nervosa.

ROMEU

Se você parar de fazer a sua dissertação, temos de encerrar o Jogo. É a regra. Faça da sua mão uma concha e abrigue os meus testículos.

JULIETA
Muito perturbada!

ROMEU
Agora, uma delicada pressão sobre os testículos.

JULIETA
Ai, ai!

ROMEU

Agora faça com o meu pênis aquilo que você fez com meu dedo, no outro dia, envolvendo-o com a sua mão. Não deixe de falar.

JULIETA

Meu Deus! Você quer que eu também desmaie, como você. Mas sou forte, estou fazendo o que você mandou. Uma tradição japonesa que me deixa perturbada é o bonsai.

ROMEU

Não aperta muito.

JULIETA

Nunca pensei que fosse tão duro.

ROMEU

Os japoneses, não se esqueça.

JULIETA

E quente.

ROMEU

Os japoneses. Olha o Jogo.

JULIETA

Eles pegam a muda de uma árvore que, se fosse seguir livremente sua natureza, chegaria em vinte anos a trinta metros de altura. Durante gerações moldam essa árvore para que ela cresça apenas 15 centímetros.

ROMEU
No futuro, se as árvores que hoje crescem trinta metros crescerem trinta centímetros, será mais uma Vitória do homem. Movimentos um pouco mais rápidos, por favor.

JULIETA
Estou fazendo o que você mandou. Quando eu era pequena, meu pai me levou para ver um jardineiro numa praça da cidade que com sua tesoura modelava um arbusto, creio que uma espécie de fícus, dando-lhe a forma de um elefante. Outros eram cortados até adquirir a forma de um cavalo.

ROMEU
Não pare, não pare!

JULIETA
O fícus, em seu estado natural — talvez fosse uma coisa já híbrida, artificial —, tinha um formato bojudo, sólido, simétrico.

ROMEU
Não afaste os olhos. Você tem de olhar o que está fazendo. Você me obrigou a isso, na minha vez.

JULIETA
O bonsai. É a mais requintada agressão contra o meio ambiente. Simboliza a relação megalômana, imperativa do homem com o mundo que o cerca, na verdade uma concepção triunfal de que o homem pode fazer árvores melhor do que a natureza.

ROMEU
Oh!

JULIETA
Não consigo deixar de contemplar extasiada o seu pênis ereto. Parece que vai explodir! Suas veias roxas vão arrebentar!

ROMEU
Não para! Não desmaia agora!

JULIETA
Céus! Um espetáculo dantesco! Ele treme convulsivamente e expele, aos arrancos, jatos quentes e viscosos. Minha mão está toda pegajosa. Sinto que desfaleço...

ROMEU
Você sentiu nojo?

JULIETA
Estranhamente, não. Meu Deus, estou tão cansada.

ROMEU
Eu também.

JULIETA
Fale-me desse gozo. Ele é um bem maior do que a simetria, do que a sabedoria, do que a arte?

ROMEU
Agora que estou calmo, não sei.

JULIETA
Veja. O pênis perde aos poucos a coloração vermelho-arroxeada, empalidece, encolhe. Por que ter medo de algo tão inofensivo, quase patético em sua fragilidade? Mas ainda há pouco queimava e expelia lava como um vulcão. Veja. O sêmen, cola exposta ao ar, seca no dorso da minha mão, repuxa a pele, adquire uma pátina esbranquiçada. Veja. Com a unha solto as camadas ressequidas como se fossem tinta velha sobre um velho quadro a óleo ou sobre uma velha parede.

ROMEU
Agora é a sua vez.

JULIETA
Fale-me mais. Esse é um prazer próprio da alma?

ROMEU
Sim, é próprio da alma, mas também da carne.

JULIETA

Quanto tempo ele demora para voltar a assumir sua pujança anterior?

ROMEU

Um beijo, um gesto de carinho.

JULIETA

Que bela sensação de poder me domina ao senti-lo crescer na minha boca! Vem. Deixe-me introduzi-lo na minha vagina. Oh! é um prazer puro, isento de dor, próprio da alma. Meu amor!

ROMEU

Meu amor!

Luzes diminuem.

MESTRE DE CERIMÔNIAS

Vamos afastar essa luz dos corpos entrelaçados de Romeu e Julieta, que eles fiquem na penumbra. E deixem-me dizer minhas palavras finais, já estamos há muito tempo aqui e estamos cansados e com fome. Senhoras e senhores espectadores, nós, os atores e autores desta edificante peça, esperamos que ela ilumine as vossas mentes. Não importa que os prazeres que definimos como isentos de dor, a que chamamos os prazeres puros da própria alma, e que acompanham, uns o conhecimento, outros as sensações, como diz Sócrates, venham em quinto lugar, depois da medida e do propósito, da simetria e do belo, da inteligência e da sabedoria, da ciência e das artes. Pois o belo muda, o saber muda, a inteligência muda, a medida muda. Mas o desejo é inalterável. Voltem para suas casas e joguem o Jogo da Arte e Ciência do Partejar.

O telefone toca.

A CONFRARIA DOS ESPADAS

Fui membro da Confraria dos Espadas. Ainda me lembro de quando nos reunimos para escolher o nome da nossa Irmandade. Argumentei, então, que era importante para nossa sobrevivência que tivéssemos nome e finalidade respeitáveis, dei como exemplo o que ocorrera com a Confraria de São Martinho, uma associação de apreciadores de vinho que, como o personagem do Eça, venderiam a alma ao diabo por uma garrafa de Romanée--Conti 1858, mas que ficou conhecida como uma fraternidade de bêbedos e, desmoralizada, fechou suas portas, enquanto a Confraria do Santíssimo, cujo objetivo declarado é promover o culto de Deus sob a invocação do Santíssimo Sacramento, continuava existindo. Ou seja, precisávamos ter título e objetivo dignos. Meus colegas responderam que a sociedade era secreta, que de certa forma ela já nascia (isto foi dito ironicamente) desmoralizada, e que seu nome não teria a menor importância, pois não seria divulgado. Acrescentaram que a maçonaria e o rosa-cruzismo tinham originalmente títulos bonitos e respeitáveis objetivos filantrópicos e acabaram sofrendo todo tipo de acusação, de manipulação política a sequestro e assassinato. Eu insisti, pedi que fossem sugeridos nomes para a Confraria, o que acabou sendo feito. E passamos a examinar as várias propostas sobre a mesa. Depois de acaloradas discussões, sobraram quatro nomes. Confraria da Boa Cama foi descartado por parecer uma associação de dorminhocos; Confraria dos Apreciadores da Beleza Feminina, além de muito longo, foi considerado reducionista e esteticista, não nos considerávamos estetas no sentido estrito, Picasso estava certo ao odiar o que denominava jogo estético do olho e da mente manejado pelos connaisseurs que "apreciavam" a beleza e, afinal, o que era "beleza"? Nossa confraria era de Fodedores e, como disse o poeta Whitman num poema corretamente intitulado "A Woman Waits for Me", sexo contém tudo, corpos, almas, significados, provas, purezas, delicadezas, resultados, promulgações, canções, comandos, saúde, orgulho, mistério maternal, leite seminal, todas as esperanças, benefícios, doações e concessões, todas as paixões, belezas, delícias da terra. Confraria dos Mãos Itinerantes, sugerido por um dos poetas do nosso grupo (tínhamos muitos poetas entre nós, evidentemente), que ilustrou sua proposta com um poema de John Donne — "License my roving hands, and let them go before, behind, between, above, below" —, ainda que pertinente pela sua singeleza ao privilegiar o conhecimento através do tato, foi descartado por ser um símbolo primário dos nossos objetivos. Enfim, depois de muita discussão, acabou sendo adotado o nome Confraria dos Espadas. Os Irmãos mais ricos foram seus principais defensores: os aristocratas são atraídos pelas coisas do submundo, são fascinados pelos delinquentes, e o termo Espada como sinônimo de Fodedor veio do mundo marginal, espada fura e agride, assim é o pênis tal como o veem, erroneamente, bandidos e ignorantes em geral. Sugeri que se algum nome simbólico fosse usado por nós deveria ser o de uma árvore ornamental cultivada por causa de suas flores, afinal o pênis é conhecido vulgarmente como pau ou cacete, pau é o nome genérico de qualquer árvore em muitos lugares do Brasil (mas, corretamente, não o é dos arbustos, que têm um tronco frágil), só que meu arrazoado foi por água abaixo quando alguém perguntou que nome a Confraria teria, Confraria dos Paus?, dos Caules?, e eu não soube responder. Espada, conforme meus opositores, tinha força vernácula, e a rafameia mais uma vez dava sua valiosa contribuição ao enriquecimento da língua portuguesa.

Como membro da Confraria dos Espadas eu acreditava, e ainda acredito, que a cópula é a única coisa que importa para o ser humano. Foder é viver, não existe mais nada, como os poetas sabem muito bem. Mas era preciso uma Irmandade para defender esse axioma absoluto? Claro que não. Havia preconceitos, mas esses não nos interessavam, as repressões sociais e religiosas não nos afetavam. Então qual foi o objetivo da fundação da Confraria? Muito simples, descobrir como atingir, plenamente, o orgasmo sem ejaculação. A Rainha de Aragão, como conta Montaigne, bem antes desse antigo reino unir-se ao de Castela, no século XV, depois de madura deliberação do seu Conselho privado, estabeleceu como regra, tendo em vista a moderação requerida pela modéstia dentro dos casamentos, que o número de seis cópulas por dia era um limite legal, necessário e competente. Ou seja, naquele tempo um homem e uma mulher copulavam, de maneira competente e modesta, seis vezes por dia.

Flaubert, para quem "une once de sperme perdue fatigue plus que trois litres de sang" (já falei disso num dos meus livros), achava as seis cópulas por dia humanamente impossíveis, mas Flaubert não era, sabemos, um Espada. Ainda hoje acredita-se que a única maneira de gozar é através da ejaculação, apesar de os chineses há mais de três mil anos afirmarem que o homem pode ter vários orgasmos seguidos sem ejacular, e assim evitar a perda da onça de esperma que fatiga mais que uma hemorragia de três litros de sangue. (Os franceses chamam de petite mort a exaustão que se segue à ejaculação, por isso um dos seus poetas dizia que a carne era triste, mas os brasileiros dizem que a carne é fraca, em todos os sentidos, o que me parece mais pungente, é pior ser fraco do que triste.) Calcula-se que um homem ejacula em média cinco mil vezes durante sua vida, expelindo um total de um trilhão de espermatozoides. Tudo isso para que e por quê? Porque na verdade somos ainda uma espécie de macaco, e todos funcionamos como um banco genético rudimentar quando bastaria que apenas alguns assim operassem. Nós, da Confraria dos Espadas, sabíamos que o homem, livrando-se de sua atrofia simiesca, apoiado pelas peculiares virtudes de sua mente (nosso cérebro não é, repito, o de um orangotango), poderia ter vários orgasmos consecutivos sem ejacular, orgasmos que lhe dariam ainda mais prazer do que aqueles de ordem seminal, que fazem do homem apenas um instrumento cego do instinto de preservação da espécie. E esse resultado nos encheu de alegria e orgulho, havíamos conseguido, através de elaborados e penosos exercícios físicos e espirituais, alcançar o Múltiplo Orgasmo Sem Ejaculação, que ficou conhecido entre nós pelo acrônimo MOSE. Não posso revelar que "exercícios" eram esses, pois o juramento de manter o segredo mo impede. A rigor eu nem mesmo poderia falar do assunto, ainda que desta maneira restrita.

A Confraria dos Espadas funcionou muito bem durante os seis meses que se seguiram à nossa extraordinária descoberta. Até que um dia um dos nossos Confrades, poeta como eu, pediu a convocação de uma Assembleia Geral da Confraria para relatar um assunto que considerava de magna importância. A mulher dele, percebendo a não ocorrência de emissio seminis durante a cópula, concluíra que isso podia ter várias razões, que em síntese seriam: ou ele estava economizando o esperma para outra mulher, ou então fingia sentir prazer quando na verdade agia mecanicamente como um robô sem alma. A mulher chegou mesmo a suspeitar que nosso colega fizera um implante no pênis para mantê-lo sempre rijo, alegação que ele facilmente provou ser infundada. Enfim, a mulher do poeta deixara de sentir prazer na cópula, na verdade ela queria a viscosidade do esperma dentro da sua vagina ou sobre a sua pele, essa secreção pegajosa e branca lhe era um símbolo poderoso de vida. Sexo, como queria Whitman, afinal incluía o leite seminal. A mulher não disse, mas com certeza o exaurimento dele, macho, representava o fortalecimento dela, fêmea. Sem esses ingredientes ela não sentia prazer e, aqui vem o mais grave, se ela não sentia prazer o nosso Confrade também não o sentia, pois nós, da Confraria dos Espadas, queremos (necessitamos) que nossas mulheres gozem também. Esse é o nosso moto (não o cito em latim para não parecer pernóstico, já usei latim antes): Gozar Fazendo Gozar.

Ao fim da explanação do nosso Confrade a assembleia ficou em silêncio. A maioria dos membros da Confraria estava presente. Acabávamos de ouvir palavras inquietantes. Eu, por exemplo, não ejaculava mais. Desde que conseguira dominar o Grande Segredo da Confraria, o MOSE, eu não produzia mais uma gota sequer de sêmen, ainda que todos os meus orgasmos fossem muito mais prazerosos. E se a minha mulher, que eu amava tanto, pedisse, e ela poderia fazer isso a qualquer momento, que eu ejaculasse sobre seus delicados seios alabastrinos? Perguntei a um dos médicos da Confraria — havia vários médicos entre nós — se eu poderia voltar a ejacular. A medicina nada sabe sobre sexo, essa é uma lamentável verdade, e o meu colega respondeu que isso seria muito difícil, tendo em vista que eu, como todos os outros, criara uma forte dependência àquele condicionamento físico e espiritual; que ele já tentara, usando todos os recursos científicos a que tinha acesso, anular essa função sem o conseguir. Todos nós, ao ouvir a terrível resposta, ficamos extremamente consternados. Logo outros Confrades disseram que enfrentavam o mesmo problema, que suas mulheres começavam a achar artificiosa, ou então assustadora, aquela inesgotável ardência. Acho que me tornei um monstro, disse o poeta que trouxera o problema ao nosso exame coletivo.

E assim terminou a Confraria dos Espadas. Antes da debandada fizemos todos um juramento de sangue de que jamais revelaríamos o segredo do Múltiplo Orgasmo Sem Ejaculação, que ele seria levado para o nosso túmulo. Continuamos tendo uma mulher à nossa espera, mas essa mulher tem de ser trocada constantemente, antes de descobrir que somos diferentes, estranhos, capazes de gozar com infinita energia sem derramamento de sêmen. Não podemos nos apaixonar, pois nossas relações são efêmeras. Sim, eu também me tornei um monstro e meu único desejo na vida é voltar a ser um macaco.

UM DIA NA VIDA DE DOIS PACTÁRIOS

Chegamos na porta do cinema e ela perguntou
Se eu queria mesmo ficar dentro do cinema
Três horas e quarenta minutos vendo um filme
sobre mafiosos.
Ela tivera um ou dois namorados que só fodiam
Quando não tinham outra coisa para fazer
¿Por que foder hoje de tarde se podiam foder de noite,
Por que foder de noite se podiam foder
amanhã de manhã,
E por que foder no dia seguinte se podiam foder
no sábado,
E por que foder no sábado se podiam foder
na outra semana,
No feriado ou no dia do aniversário dele ou dela?
Mas ela sabia que comigo — com nós dois,
Pois na verdade não era apenas eu que fazia
Tudo ficar diferente —
era outra coisa.

E caminhamos apressados debaixo do sol
Pois não queríamos perder tempo, tínhamos depois
De voltar para nossas prisões e aguardar
O novo encontro, e fomos
Para o primeiro lugar mais perto, um apartamento sem
Nenhum móvel, e ficamos agarrados lá dentro,
A maior parte do tempo eu em cima dela
Com os joelhos apoiados no chão, e meus joelhos
ficaram lacerados,
E o meu pau esfolado, e ela com a carne ardendo, e um
Dente meu da frente rachado e um dente dela da frente
Rachado, e marcas vermelhas
Apareceram ao lado de antigas manchas roxas e nossas
Olheiras se tornaram ainda mais escuras, mas não me
Queixei nem ela se queixou. Era um pacto de incêndio,
Contra esse espaço de rotina cinzenta entre
O nascimento e a morte que chamam
vida.

Prazer & morte
Sérgio Augusto

Com esta coletânea de contos, originalmente publicada pela Companhia das Letras no final de 1998, Rubem Fonseca teria iniciado a terceira fase de sua obra. Por tal periodização, feita sete anos depois pelo crítico Silviano Santiago, a primeira fase abrangeria quatro livros de contos — de *Os prisioneiros* (1963) a *Feliz Ano Novo* (1975) — e a segunda, seis romances (de *A grande arte*, 1983, a *O selvagem da ópera*, 1994), embora o primeiro romance do autor (*O caso Morel*) tenha sido editado dez anos antes de *A grande arte* e outros três (*O doente Molière*, *Diário de um fescenino* e *Mandrake, a bíblia e a bengala*) tenham sido escritos entre 1998 e 2005, ou seja, já na terceira fase.

Ainda que entre *Feliz Ano Novo* e *A Confraria dos Espadas*, em plena fase das narrativas longas e biográficas, Rubem Fonseca tenha produzido quatro coletâneas de narrativas curtas e uma novela, Santiago não flexibiliza seu marco divisório. Para ele, é a partir deste volume que o ficcionista se supera no manuseio do saber armazenado pelas enciclopédias e pelos tratados de ciências exatas e humanas, "com coragem e brilhantismo invulgares", em tramas que primam, segundo suas palavras, pelo mais delicioso, injurioso, luxurioso e libidinoso *nonsense*. E por uma sistemática desmoralização das chamadas grandes causas e virtudes sociais e pessoais (o altruísmo misericordioso, a questão ambiental, o respeito à dignidade humana, a igualdade entre os sexos, a pureza do amor), com alta voltagem de cinismo, morbidez e sadismo.

O editor Luiz Schwarcz tinha em mente outro título, *Contos impróprios*, bastante fiel à índole do livro, de fato não recomendável aos lacaios do senso comum, aos otimistas de modo geral e aos que ainda creem na superioridade do homem sobre os outros animais e no primado do pênis (mero "tubo de transmissão") sobre a vagina ("criativa, fecunda, transcendente"), tese que, aliás, bate de frente com a da pós-feminista e falocêntrica Camille Paglia.

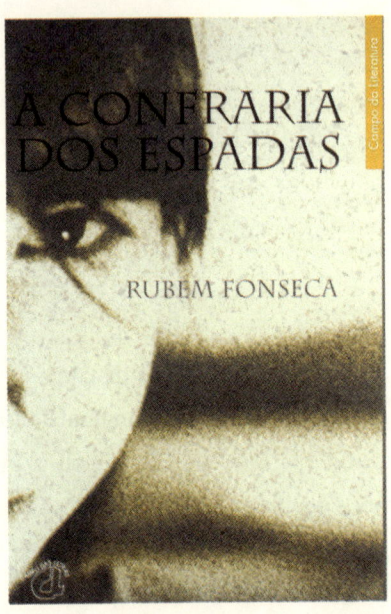

Há um quê de Nelson Rodrigues na atmosfera, notou Otávio Frias Filho, em artigo para a *Folha de S.Paulo*, salientando haver "um lapso de descrença", talvez influência do existencialismo ou da literatura americana, a separar os dois autores, também antípodas no "ranço provinciano", nos "cacoetes moralistas" e na "adjetivação rococó" que sobejam nos textos de Nelson.

Prazer e morte, temas também recorrentes e justapostos na obra de Rubem Fonseca, dão a tônica a quase todos os oito contos aqui enfeixados. Morte por envenenamento, tiro e enfarte; prazer pleno, parcial e especioso, inclusos o prazer de morrer e seu corolário, o morrer de prazer (os franceses não chamam o orgasmo de "pequena morte"?).

Casemiro, o emergente conviva do terceiro conto, por exemplo, morre como sempre sonhou, "no meio de uma boa festa". Sua vida, portanto, teve um final feliz. Como, de resto, tiveram as de Helena, Laura, Heloísa e Salete, as quatro mortas de "Livre-Arbítrio", a quem o narrador-executor não considera vítimas de homicídio, nem sequer de eutanásia, já que simplesmente ajudou-as a dormir para sempre com a aquiescência e o estímulo delas — a morrer, literalmente, "numa boa": saudáveis, lúcidas, tranquilas — no máximo, inquietas —, como convém a quem apenas deseja exercer a liberdade de agendar o fim de sua existência, sem o assédio de doenças graves ou crises de depressão. Em suma, quatro insólitos casos de eutanásia existencial.

Ao anjo exterminador do primeiro conto contrapõem-se os arcanjos que, na história seguinte, uma intriga de horror a meio caminho de Quentin Tarantino e David Cronenberg, recolhem mendigos e sem-teto na calada da noite para abreviar-lhes a vida miserável da maneira mais perversa imaginável. O "anjo exterminador" que se instala no clima, digamos assim, do terceiro conto, "A Festa", é o que nos legou Buñuel, o mais irreverente observador do charme indigesto da burguesia.

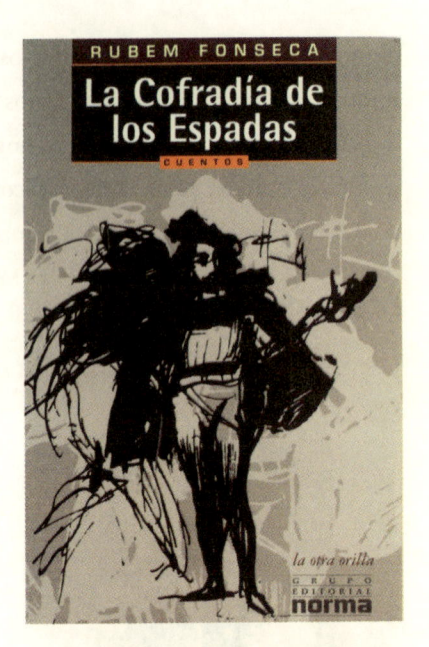

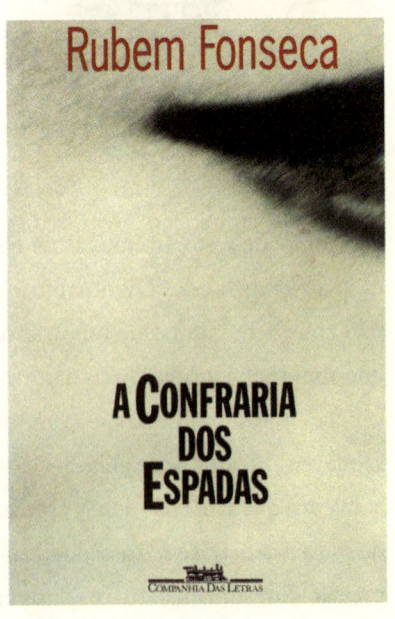

Apesar da onipresença da morte, o Romeu e a Julieta de "À maneira de Godard" discutem, trocam insultos, mas só se agridem verbalmente, e, ao contrário dos protótipos shakespearianos, não morrem ao cabo do verborrágico Jogo da Arte e da Ciência do Partejar que protagonizam, supostamente num palco de teatro. O sexo domina a godardiana deblateração, degenerando a pureza do relacionamento do casal mais tragicamente romântico de todos os tempos, porém mantendo intacta sua castidade. Masturbação, não custa lembrar, não é coito.

Sexo — também só Eros, sem Tanatos — domina a narrativa que dá título à coletânea. Se bem que nela se prenuncie a morte do macho tradicional, vale dizer do "espada" provedor de sêmen que logra ter orgasmo sem ejaculação e não sabe como reverter ao *status quo ante*. *A Confraria dos Espadas* talvez seja o livro mais feminista do autor.

Resenha*

Malcolm Silverman

Tradução: Maria Helena Rouanet

Desde 1963, o autor e roteirista Rubem Fonseca publicou mais de uma dezena de volumes de ficção entre coletâneas de contos e romances. Todas as suas obras, inclusive a mais recente coletânea de oito narrativas breves (às vezes, muito breves), continuam contendo afinidades que se podem identificar facilmente com o primeiro Fonseca. Temas envolvendo morte, tanto por suicídio (assistido), quanto para roubo de órgãos ou simples assassinatos, sempre conjugados à violência, ao sadismo, ao prazer sexual imediato, à misoginia, ao hedonismo e a uma propensão ao darwinismo social. Ironia e suspense também são uma constante nos seus textos, ao passo que o humor é contido e cáustico na selva

---

* De *World Literature Today*, 73, nº 3 (Verão de 1999), 509-510, sob permissão de *WLT*.

urbana solitária e materialista privilegiada pelo autor. Quanto aos personagens, eles tendem a ser patologicamente assustados e, no caso dos personagens-narradores, todos são convictos de sua condição de machos cínicos e invasivos.

As anomalias estão por toda parte uma vez que convenção e espaço assumem configurações nada tradicionais. "Livre-arbítrio" abre a presente coletânea com uma narrativa neo-Kevorkiana em que, por meio de uma série de cartas, o narrador-protagonista homicida descreve como ajuda mulheres a tirarem a própria vida — nunca em situação de desespero, como nos diz o texto, mas antes como o ápice da libertação existencial. Em seguida vem "Anjos das Marquises", uma história de ricos versus pobres vista pelos olhos do Bom Samaritano cuja insistência em ajudar os mais carentes acaba levando a um verdadeiro matadouro canibalístico (ecos de China e seu próspero comércio de rins para transplantes?). Em "A festa", Fonseca reforça o desprezo pelas classes mais altas quando, numa suntuosa comemoração, a morte súbita de um convidado é coreografada nas festividades para não estragar a diversão ou prejudicar as aparências. Um sangue-frio mais prático aparece em "O vendedor de seguros", na medida em que o matador, também personagem-título, se alia a um agente imobiliário inescrupuloso, numa história de capitalismo selvagem que bem pode ser encarada como uma condenação à notória especulação imobiliária existente no Brasil. Em seguida vem "AA", única narrativa dessa coletânea passada em área rural e que se encerra numa inocente história de amor de um jeito que a filosofia sombria de Fonseca poderia permitir. Afinal, o casal privilegiado se encontra em função da atualíssima e ecológica preocupação descabida da personagem feminina com o bem-estar das misteriosas iniciais que dão título ao conto. Como vamos descobrir, "AA" é a sigla para "arremesso de anão"! Fonseca parodia, aí, nem tanto os resíduos românticos da imagem da bela e da fera, mas principalmente o absurdo extremismo com que certas organizações não governamentais defendem a vida na Terra, tenham ou não algo a ver com isso.

Sem dúvida alguma, é "À maneira de Godard" que domina a coletânea. Suas cinquenta e tantas páginas são dedicadas, numa homenagem paródica, tanto a Romeu e Julieta quanto ao cineasta da Nouvelle Vague referido no título, com sua dinâmica reputação de espontaneidade moderna que despreza a continuidade convencional. Além disso, a sátira está em toda parte, na medida em que um mestre de cerimônias metaficcional e intrometido suaviza o polêmico vaivém entre o leitor (espectador) e os conflitos entre os coprotagonistas (atores). Por outro lado, as discussões acaloradas entre os dois percorrem toda a gama filosófica, desde as íntimas dificuldades sexuais de ambos até a preocupação, em ampla escala, com os futuros perigos para a humanidade. Curiosamente, i.e., para uma narrativa de Rubem Fonseca, as relações face a face parecem inegavelmente evoluir (termo raramente característico em se tratando de um autor desencantado, cínico e niilista). Entretanto, basta arranhar um pouco o verniz da superfície para lembrar certas coordenadas privilegiadas por Fonseca: um cosmos enlouquecidamente ficcional refletido numa disfunção sociossexual e ver que persiste, aí, a natureza patológica das relações sociais.

Os dois contos restantes também seguem o padrão da experimentação irreverente e da opção por parâmetros que escapam às convenções. Na narrativa que dá título ao livro, por exemplo, o narrador-protagonista insiste em não ser ninguém mais que o próprio autor e chega mesmo a admitir que recorre a alguma intertextualidade com relação a um de seus livros anteriores. Ele passa, portanto, o tempo todo diluindo a já tão tênue linha existente entre sua ficção (neonaturalista) e a (mais plena) realidade. É nesse contexto que Fonseca declara que a fraternidade que dá título à coletânea sustenta a não exatamente iconoclástica, mas ainda assim espinhosa noção de que a cópula sem ejaculação é o melhor dos mundos. Ademais, "Um dia na vida de dois pactários", a narrativa que encerra o livro, espécie de coda de uma única página, parodia uma forma mais aparentada à poesia amorosa que, no entanto, acaba afirmando que a cópula, em geral, é o único momento libertador entre a vida e a morte.

Em *A Confraria dos Espadas*, o autor vem mais uma vez, paradoxalmente, escandalizar a burguesia em que se incluem os seus leitores mais fiéis. Cada um desses contos, muitos dos quais são a um só tempo atraentes e repulsivos, mantêm uma consistência principalmente em termos de caracterização, tema e ponto de vista. Além disso, em sua maioria, eles reforçam um mundo lamentável e familiar onde imperam a crueldade e o engodo, o poder cria o que é certo e o materialismo corrompe. Trata-se novamente de Rubem Fonseca no seu melhor cinismo e espírito satírico.

O autor

Contista, romancista, ensaísta, roteirista e "cineasta frustrado", Rubem Fonseca precisou publicar apenas dois ou três livros para ser consagrado como um dos mais originais prosadores brasileiros contemporâneos. Com suas narrativas velozes e sofisticadamente cosmopolitas, cheias de violência, erotismo, irreverência e construídas em estilo contido, elíptico, cinematográfico, reinventou entre nós uma literatura *noir* ao mesmo tempo clássica e pop, brutalista e sutil — a forma perfeita para quem escreve sobre "pessoas empilhadas na cidade enquanto os tecnocratas afiam o arame farpado".

Carioca desde os oito anos, Rubem Fonseca nasceu em Juiz de Fora, em 11 de maio de 1925. Leitor precoce porém atípico, não descobriu a literatura (ou apenas o prazer de ler) no *Sítio do Pica-pau Amarelo*, como é ou era de praxe entre nós, mas devorando autores de romances de aventura e policiais de variada categoria:

de Rafael Sabatini a Edgar Allan Poe, passando por Emilio Salgari, Michel Zévaco, Ponson du Terrail, Karl May, Julio Verne e Edgar Wallace. Era ainda adolescente quando se aproximou dos primeiros clássicos (Homero, Virgílio, Dante, Shakespeare, Cervantes) e dos primeiros modernos (Dostoiévski, Maupassant, Proust). Nunca deixou de ser um leitor voraz e ecumênico, sobretudo da literatura americana, sua mais visível influência.

Por pouco não fez de tudo na vida. Foi office boy, escriturário, nadador, revisor de jornal, comissário de polícia — até que se formou em direito, virou professor da Escola Brasileira de Administração Pública e de Empresas da Fundação Getulio Vargas e, por fim, executivo da Light do Rio de Janeiro. Sua estreia como escritor foi no início dos anos 1960, quando as revistas *O Cruzeiro* e *Senhor* publicaram dois contos de sua autoria.

Em 1963, a primeira coletânea de contos, *Os prisioneiros*, foi imediatamente reconhecida pela crítica como a obra mais criativa da literatura brasileira em muitos anos; seguida, dois anos depois, de outra, *A coleira do cão*, a prova definitiva de que a ficção urbana encontrara seu mais audacioso e incisivo cronista. Com a terceira coletânea, *Lúcia McCartney*, tornou-se um best-seller e ganhou o maior prêmio para narrativas curtas do país.

Já era considerado o maior contista brasileiro quando, em 1973, publicou seu primeiro romance, *O caso Morel*, um dos mais vendidos daquele ano, depois traduzido para o francês e acolhido com entusiasmo pela crítica europeia. Sua carreira internacional estava apenas começando. Em 2003, ganhou o Prêmio Juan Rulfo e o Prêmio Camões, o mais importante da língua portuguesa. Com várias de suas histórias adaptadas para o cinema, o teatro e a televisão, Rubem Fonseca já publicou 14 coletâneas de contos e 12 livros, entre romances e novelas. Em 2011, lançou *Axilas e outras histórias indecorosas* e a novela *José*. Em 2013, chegou ao público seu livro mais recente, *Amálgama*.

COORDENAÇÃO DE EDIÇÃO
Sérgio Augusto

EQUIPE EDITORIAL
Daniele Cajueiro
Maria Cristina Antonio Jeronimo
Janaína Senna
Ana Carla Sousa
Guilherme Bernardo
Adriana Torres
Leandro Liporage
Pedro Staite
Allex Machado
Maicon de Paula
Vinícius Louzada

DIAGRAMAÇÃO
Filigrana

REVISÃO
Rachel Rimas

CAPA
Retina 78

Este livro foi impresso no Rio de Janeiro em 2014 para a Nova Fronteira. O papel do miolo é avena 80g/m², e o da capa é cartão 250g/m².